Mariella Mystery

Investiga

El enigma del cupcake

Mariella Mystery

Investiga

El enigma del cupcake

Kate Pankhurst

pirueta

Título original: *Mariella Mystery Investigates A Cupcake Conundrum*

Primera edición: mayo de 2014

© Texto e ilustraciones: © Kate Pankhurst, 2013
© de la traducción: Carol Isern

© de esta edición: Roca Editorial de Libros, S.L.
Av. Marquès de l'Argentera, 17, Pral.
08003 Barcelona
www.piruetaeditorial.com

Impreso por Egedsa
ISBN: 978-84-15235-73-6
Código IBIC: YFC
Depósito legal: B. 6.876-2014

Para mamá: disfruta de los pastelitos...

¡Ñam!

ESTE DIARIO DE UNA JOVEN SUPERDETECTIVE PERTENECE A...

MARIELLA MYSTERY (¡esa soy yo!)... una detective absolutamente asombrosa, y tengo nueve años y tres cuartos. Estoy tan ocupada resolviendo complejos, alucinantes e intrigantes casos que casi no tengo tiempo de nada más. (Eso incluye hacer pastelitos.)

Este es mi diario de detective top secret. Todos los buenos detectives anotan la información importante sobre sus investigaciones. Si no lo hiciera, podría olvidarme de alguna pista esencial, lo cual significaría que un misterio quedaría sin resolver...

joven super detective

delantal

(**S**i eres el pesado de mi hermano, **A**rthur, **VETE**. **E**ste libro se autodestruirá en cinco, cuatro, tres, dos...)

SÁBADO
3 de mayo

Las Chicas Investigadoras

haciendo un medio descanso en medio de una investigación

(casa del árbol)

CUARTEL GENERAL

15.00
CUARTEL GENERAL
DE LAS CHICAS INVESTIGADORAS

Aunque no me encuentre resolviendo ningún caso, soy capaz de emplear mis increíbles habilidades detectivescas para ayudar a los demás. Hoy, las Chicas Investigadoras hemos terminado una importante misión. Este es el informe completo:

OPERACIÓN HACER-UN-PASTELITO

OBJETIVO PRINCIPAL: Asegurarme de que mi amiga Chica Investigadora y GENIAL pastelera Violet Maple puede ver su programa de televisión favorito hasta el final: *Amasa o fracasa*.

Amasa o Fracasa

PRUEBAS PARA *AMASA O FRACASA*, ¡CONCURSO PARA JÓVENES!

¿Tienes el talento necesario para convertirte
en el mejor joven pastelero del país?

¡Si no soportas estar al rojo vivo, sal de la cocina!
Si eres capaz, ¡participa y demuéstranos de qué estáis
hechos tú y tus pasteles, tartas y pastas!

Amasa o fracasa: ¡el concurso de pastelería
en el que amasarás o fracasarás!

(Advertencia: Entre los efectos secundarios más comunes
de «fracasar» se encuentran el nerviosismo, la histeria
y el llanto incontrolable. Los concursantes participarán
en el concurso bajo su propia responsabilidad.)

(Yo no lo he visto nunca, pero Violet dice que es
terriblemente difícil, y que si ganas, te conviertes
oficialmente en el mejor joven pastelero de todo el país.)

EL OBJETIVO:
Violet Maple

Es una chica detective absolutamente increíble (como yo), y es capaz de preparar los pasteles más sabrosos del mundo. Se sabe que ha sufrido alguna «crisis Maple» durante alguno de los casos. No queremos que le suceda eso en *Amasa o fracasa*.

Violet

PASTELITOS absolutamente GENIALES hechos por Violet

tarta azul ↓ (inusual)

magdalenas brillantes

esponjoso pastel de chocolate de siete capas

dulce remolino Mystery

EL EQUIPO:

POPPY con su gorro de natación

Poppy Holmes

Chica Investigadora, apasionada buscadora de pistas y de la natación sincronizada.

Mariella Mystery

(Yo) Brillante y talentosa en el trabajo detectivesco. Gran aficionada a los pasteles que hace Violet, y a casi todos los demás tipos de pasteles.

yo

NOTA: Fallar no es una opción. Este ha sido el sueño de Violet desde que tenía cinco años, cuando hizo un pastel por primera vez con su abuela Maple.

DOSSIER DEL CASO:

8.45: En cuanto las Chicas Investigadoras abandonan el cuartel general, la operación Hacer-un-pastelito resulta interrumpida por el príncipe de la Pesadez, Arthur Mystery (quien afirma ser mi hermano pequeño).

Arthur (pesado)

Nos muestra su anuario de *Amasa o fracasa* y nos suplica que digamos a los responsables del concurso que él tiene siete años y no cinco y medio, para que pueda participar. Yo le respondo que de ninguna manera.

8.55: Prueba de *Amasa o fracasa*, Ayuntamiento de Puddleford. La única forma en que yo y Poppy podíamos asistir a las pruebas era apuntándonos al concurso. No sé gran cosa sobre pastelería, pero sí sé que me gustan los pasteles.

¡mmm, pastel!

14

9.03: Violet ha preparado todos los ingredientes y está concentrada leyendo el libro de recetas de la abuela Maple. En él hay un montón de información muy útil para hacer pasteles y, gracias a él, Violet ha tenido un sinfín de ideas brillantes para hacer sus propias recetas (con algún cambio misterioso).

Libro de recetas

pertenece a la abuela Maple

9.05: Yo y Poppy nos instalamos en unas mesas cerca de Violet, para poder vigilar si aparecen signos de estrés. Si nos damos cuenta de ello a tiempo, quizá podamos evitar una auténtica crisis Maple.

Una crisis Maple

PORCIÓN DEL DELICIOSO PASTEL ARCOÍRIS

La receta que necesitas

9.15: Saco mi receta del pastel arcoíris. Nunca he hecho un pastel, pero no creo que sea muy difícil... comparado con resolver un misterio.

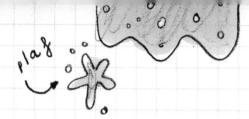

9.30: La cazatalentos de *Amasa o fracasa* afirma que debemos tomarnos esto muy en serio: si hacemos unos pasteles geniales, podremos pasar a la siguiente prueba e, incluso, a la final en televisión. Dice: «Estamos en *Amasa o fracasa*, chicos. Cinco... cuatro... tres... dos... uno... ¡AMASAD!».

9.45: Violet se queda con la mirada perdida mientras sujeta el bol y la batidora. Doy la alerta a Poppy empleando nuestra contraseña: GALLETA DE AVENA. Empezamos a hacer ruido con los botes y las sartenes. Violet sale de su trance y se lanza a la acción. Crisis evitada.

10.30: Poppy saca su pastel del horno. El pastel emite un extraño burbujeo y, de repente, explota. Poppy deduce que las doce bolsitas de caramelos Peta Zetas que puso en él han petado en exceso.
Mi pastel tampoco se parece al de la foto de la receta.

Plaf

11.00: MOMENTO DE TENSIÓN. Oímos que Violet, preocupada, dice para sí misma: «No estoy nada segura de esto». Este es un signo claro de que empieza a entrar en pánico. (Está glaseando su pastel Mystery.) Poppy corre hacia ella y la abanica con una servilleta de papel.

11.30: La cazatalentos avisa en voz alta de que el tiempo ha terminado y que está a punto de empezar la valoración de los pasteles (los que han sobrevivido al horno). Mi pastel es el primero que prueba y parece que está a punto de vomitar. (Deduzco que, definitivamente, soy mejor como detective que como pastelera.)

11.32: La cazatalentos de *Amasa o fracasa* dice que el pastel de Violet tiene un gran potencial. UAU. La parte misteriosa de su pastel Mystery se revelaba al cortarlo. Dentro, había una parte esponjosa de otro color con forma de interrogante.

¡UAU!

11.35: ¡La operación Hacer-un-pastelito es un éxito! ¡Violet pasa a la prueba siguiente! Decididamente, ella va a ganar el concurso y escribirá un best seller de recetas de sus pasteles misteriosos. En él podría haber recetas como Trufas de muerte o Cupcake desaparecido o algo así. Estoy muy orgullosa de ella.

PRIMERA PARTE DE LA MISIÓN: ¡TERMINADA!

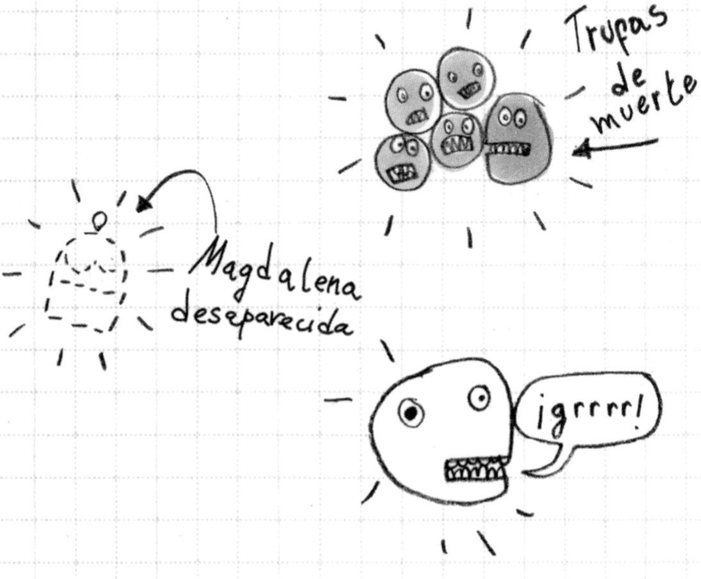

Trufas de muerte

Magdalena desaparecida

¡grrrr!

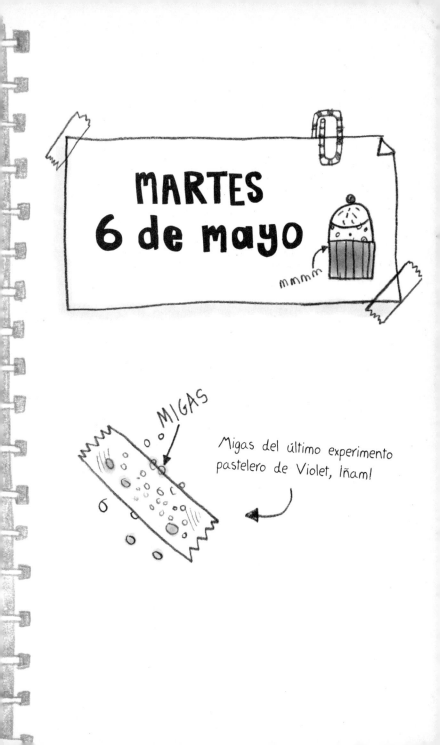

MARTES
6 de mayo

mmmm

MIGAS

Migas del último experimento pastelero de Violet, ¡ñam!

pastel

18.30
CUARTEL GENERAL
DE LAS CHICAS INVESTIGADORAS

Hoy Violet ha faltado a la escuela para presentarse a la
siguiente prueba, ¡y acaba de llegar con EXCELENTES
NOTICIAS! ¡Ha pasado a la final de *Amasa o fracasa*,
en televisión! Y lo que es superincreíble: ¡la cadena
de televisión ha elegido el patio de nuestra escuela
para colocar la carpa de *Amasa o fracasa*! Poppy y yo
vamos a ir para apoyar a Violet durante toda la final.
(Espero que haya un montón de pasteles gratis.)

20

Poppy dice que, en lugar de nuestra reunión de Chicas Investigadoras, debemos ensayar todas las eventualidades posibles en una sesión preparatoria intensiva para afrontar un concurso de pastelería de alto nivel.

Esta noche hemos recreado todas las situaciones que es posible que Violet experimente en la cocina de *Amasa o fracasa*. Yo he creado un ambiente caluroso en el cuartel general gracias al secador de mano de mamá, y Poppy ha estado golpeando unas sartenes para imitar «los sonidos de cocina» que pueden resultar tan estresantes. Violet se ha manejado realmente bien en el cuartel general de las Chicas Investigadoras, pero continúa preocupada por lo que sucederá de verdad durante la competición.

Soy unas de la masa

manejarse bien

Violet se está preocupando por cualquier cosa todo el tiempo. Nuestro trabajo consiste en que mantenga la calma. (Yo tengo un montón de práctica en eso: los detectives deben mantener la calma y la cabeza fría en todo tipo de situaciones difíciles.)

—Estoy muy nerviosa —dijo Violet—. ¿Y si mi pastel es una caca al lado de los que preparen los demás concursantes?

—Quizá tengan talento, pero estoy segura de que ninguno de ellos tendrá el toque misterioso de los tuyos —repuse. (Las pruebas se han hecho por todo el país, así que no sabremos quiénes son los otros cuatro concursantes hasta que empiece la prueba, la semana próxima, pero estoy segura de que lo que digo es cierto.)

Violet aprendió a hacer pasteles con su abuela Maple. La abuela Maple es muy conocida en Puddleford por ser la única persona que ganó el premio al Mejor Pastel durante el Festival de Verano de Puddleford de hace diez años.

Abuela Maple

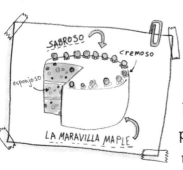

Una de sus recetas, la Maravilla Maple, se hizo famosa después de obtener la mejor puntuación que se había dado NUNCA. Muchas personas le pidieron la receta, pero la abuela Maple dijo que era alto secreto.

Ahora, la abuela Maple está de viaje en un crucero de pastelería, probando pasteles de otros países. Le envió su libro de recetas por correo a Violet, deseándole que le diera suerte durante las pruebas. ¡De momento, lo ha hecho!

Violet ha añadido un montón de recetas de pasteles al libro de la Abuela Maple para leérselas cuando regrese.

—Recuerda el consejo de tu abuela Maple —le dije a Violet. (La abuela Maple ha escrito un montón de consejos sobre pastelería en su libro de recetas)—. «¡Mantén la calma y concéntrate en los pasteles!» —Este es mi favorito.

Magdalena Explosión de Hielo

cereza helada

corazón de crema helada

bizcocho esponjoso de frambuesa

Pastelito Abominable Hombre de las nieves

secretos

misterioso

Idea de Violet para un pastelito

17.30
CUARTEL GENERAL DE LAS CHICAS INVESTIGADORAS (¡FALTAN 2 DÍAS PARA EL INICIO DE LA FINAL!)

Después de salir de clase, hemos estado viendo otras ediciones del concurso *Amasa o fracasa*, y empiezo a comprender por qué Violet está tan nerviosa. Va a tener que enfrentarse a diferentes pruebas de pastelería durante cuatro días, y no parece fácil.

1. LA PRUEBA DEL CUPCAKE:
Haz el cupcake más fascinante y original que puedas. Un participante de otra edición consiguió hacer unos cupcake-cohetes poniéndoles unos pequeños reactores. Es de locos.

2. LA PRUEBA DE LA CESTA DE PICNIC: Los jueces

ofrecen ingredientes típicos de una cesta de picnic para que los concursantes hagan un pastelito con ellos. En los episodios que vi, este fue el momento en que un montón de concursantes «fracasó». Una de las chicas se dio cuenta de que se había olvidado de poner una capa de gelatina en su bizcocho. En un intento por evitar la increíble vergüenza que sentía, metió la cabeza en un bol lleno de nata montada y se negó a quitárselo. (Suena divertido, pero fue absolutamente grave: estuvo a punto de asfixiarse.)

¡Nooooo!

3. LA PRUEBA DE LA FIESTA INFANTIL: Los

jueces buscan un pastel de cumpleaños que sea verdaderamente complicado. A los concursantes que hacen pasteles mediocres se les lanza pasteles de crema a la cara mientras trabajan. ¡Presión!

4. LA PRUEBA DEL PASTEL MÁS ROMPEDOR:

En esta prueba los concursantes tienen la oportunidad de hacer un pastel que demuestre su talento. Violet nos ha dicho que tiene pensado hacer una versión nueva del famoso pastel la Maravilla Maple (con un secreto y un toque misterioso).

—¿Cómo voy a encontrar tiempo para practicar mi receta del pastel más rompedor, con todo lo que tengo que hacer? —dijo Violet, mordiéndose las uñas.

—Relájate —respondió Poppy—. El pastel más rompedor es la última prueba del concurso... Falta una eternidad.

—Pero ¿y si a los jueces no les gusta? ¿Y si creen que no sé hacer pasteles? ¿Y si...? ¿Y si...?

—Violet, cálmate. A los jueces les encantará —afirmó Poppy, mirándome con cara de preocupación.

Sé por qué Poppy está preocupada. Después de ver *Amasa o fracasa*, me he dado cuenta de que los miembros del jurado son duros; muy duros.

HARRIET BLYTHINGTON: Hace un montón de años que es miembro del jurado de *Amasa o fracasa*. Es difícil de complacer, y se la conoce en el mundo entero por su merengue. Insiste en batirlo a mano y afirma que las batidoras eléctricas son para mequetrefes. Un año prohibió que se utilizaran batidoras en *Amasa o fracasa*, y casi todos los concursantes acabaron «fracasando» debido a fuertes calambres en el brazo. Es una de las eternas heroínas de Violet.

HARRIET BLYTHINGTON

SPENCER SPOKES:
Es famoso por sus
recetas para hacer
pasteles con verduras.
Hace solo tres años
que forma parte del
jurado de *Amasa
o fracasa* (el último
miembro del jurado
renunció a causa
del gran estrés del

concurso), pero ya es muy
conocido por decir siempre lo que piensa. No tiene
en cuenta que está hablando con niños. Mamá
tiene su nuevo libro de recetas *Las chirivías y yo*.
(¿Un libro entero dedicado a las chirivías? Parece
ABURRIDO.)

Poppy y yo debemos encargarnos de que Violet esté
preparada para enfrentarse a ellos el lunes.

¡ABURRIDO!

LUNES
12 de mayo

FINAL DE *AMASA O FRACASA*,
PRIMER DÍA:
LA PRUEBA DEL CUPCAKE

yo

¡pastelito!

(Y estamos a mitad
de trimestre. Una
semana entera sin
ir a la escuela:
¡uaaaaaaaaaauuuuuu!)

11.20
CARPA DE *AMASA O FRACASA*

Es el primer día de *Amasa o fracasa*, y como Equipo de Seguidoras Oficiales de Violet, Poppy y yo hemos conseguido pases vip. Arthur está profundamente celoso. Ha empezado a ir a todas partes con el anuario de *Amasa o fracasa*, y no para de decir que participar en el programa es su mayor sueño. Pero eso lo dice porque oyó que Violet decía lo mismo. Arthur hará cualquier cosa para impresionarnos, porque quiere formar parte de las Chicas Investigadoras. (Eso no va a suceder de ninguna de las maneras.)

¡pesado!

Anuario AMASA O FRACASA

El patio de la escuela ha sido ocupado por la enorme carpa de *Amasa o fracasa*. Dentro hay unas zonas equipadas con minicocinas, fogones, fregaderos y armarios, para los cinco finalistas. ¡Estoy tan emocionada de que Violet sea una de ellos! Tenemos unos excelentes asientos en la zona VIP, muy cerca de la acción pastelera.

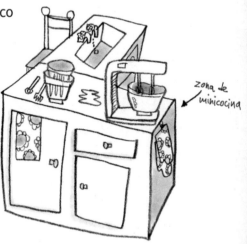

zona de minicocina

—Violet parecía muy nerviosa, ¿verdad? —dijo Poppy.

—Este concurso está diseñado para hacer fracasar a los pasteleros —respondí—. Pero a juzgar por esos cupcakes de manzana que trajo ayer al cuartel general, todo irá bien.

¡Un momento... ya está, los concursantes están a punto de entrar!

12.00
CARPA DE *AMASA O FRACASA*:
¡LOS PASTELEROS!

Empezó a sonar una música lánguida y vimos que de la parte trasera de la cocina salía un poco de humo. (Creo que no era humo de verdad, sino que era un truco para dar ambiente; no venía de un pastel quemado ni nada de eso.) Entonces, una potente voz resonó en toda la carpa:

«¡BIENVENIDOS AL CONCURSO JUVENIL DE *AMASA O FRACASA*! POR FAVOR, OFRECED UN CÁLIDO RECIBIMIENTO A LOS MIEMBROS DE NUESTRO JURADO... LA MUNDIALMENTE FAMOSA REINA DEL MERENGUE, HARRIET BLYTHINGTON...».

HARRIET →

brazo
MUSCULOSO →

Harriet salió de la nube de humo y saludó al público con la mano. A pesar del delantal de flores rosa que llevaba, tenía un aspecto arisco.

—Uau, es verdad que tiene un brazo más gordo que el otro —dijo Poppy.
(Harriet tiene un brazo muy musculoso debido a los muchos años que lleva batiendo merengue.)

«Y él es casi tan bueno como sus pasteles. Además de un apasionado de las chirivías. ¡Se trata del exquisito Spencer Spokes!»

Spencer apareció por la puerta llena de humo. Llevaba puesta una camiseta con una chirivía pintada en ella. Hizo un gesto con la mano dirigido al público y se pasó la mano por el pelo.

Sonrisa deslumbrante

YO →

35

«**Ahora ha llegado el momento de recibir con entusiasmo a los concursantes de** *Amasa o fracasa* **de este año...** », volvió a decir la voz. «**¡Dedicad un aplauso a la salvadora de los comedores de escuela, Marie Sloops!**»

Se oyó alguna tos (ya había mucho humo de mentira) y una niña pequeña con dos trenzas apareció por la puerta. Sonreía como si eso fuera lo mejor que le iba a pasar en toda su vida. Se colocó en uno de los cinco taburetes que se encontraban al lado del jurado.

«**Y, si os gusta la purpurina, los pasteles de nuestra siguiente finalista os volverán locos. Se trata de la princesa de la perfección pastelera. ¡Prímula Gordon!**»

Prímula salió de la nube de humo con una radiante sonrisa en el rostro. Hizo un guiño a cámara mientras se dirigía a su taburete.

Ni siquiera miró a Marie. Se limitó a sentarse con las manos sobre las rodillas.

Parecía que la cara debía de dolerle de tanto sonreír. Nadie puede sonreír tanto rato y hacerlo de verdad. Resulta un poco falso, a mi modo de ver.

«Estamos encantados de presentar al cerebrito culinario de *Amasa o fracasa*, Oliver Pickett...»

Un niño pequeño apareció en medio del humo. Se ajustó las gruesas gafas que llevaba y se dirigió a su taburete. Tenía el aspecto de sentirse más cómodo en una biblioteca que en un concurso de pastelería.

«La guinda del pastel, así es como nuestro jurado describe a nuestra siguiente joven experta en glaseado... ¡Patsy Éclair!»

Patsy se dirigió pomposamente hacia los taburetes. Se llevó una mano a la cintura y dedicó una radiante sonrisa al público. Era obvio que no había ido allí a hacer amigos: se trataba de un negocio culinario muy serio.

«El talento pastelero le viene de sangre: la nieta de la pastelera más famosa de Puddleford y creadora de los pastelitos más misteriosos de la ciudad: ¡Violet Maple!»

¡Uau, vaya una buena presentación! Hace que Violet suene totalmente de cine.

¡SIN DUDA va a ganar!

Violet atravesó la nube de humo a toda velocidad, sin mirar al público. Pero aquello no era lo ideal. El mensaje que transmitía era que posiblemente «fracasaría» en vez de amasar.

Había llegado el momento de mostrar los vídeos que habían grabado en casa de los finalistas. Violet me había dicho que estaría tan nerviosa que no podría prestar atención a la valiosa información que aparecería sobre los demás concursantes, así que le prometí que yo reuniría todos los datos que pudiera.

LOS CONCURSANTES

MARIE SLOOPS: Hija de una cocinera de comedor escolar. Ha sido seleccionada por su aportación a los postres del comedor. Cuando sea mayor, quiere que todos los comedores escolares sean tan buenos como el de su mamá. (Está claro que si Marie hace comida como la que comemos nosotros, Violet no tiene nada que temer.)

¡puaj!

PRÍMULA GORDON: Prímula afirma que todos los pasteles que ella hace son INCREÍBLES. También dice que es la mejor amazona (tiene un poni llamado Cupcake) y la mejor bailarina. (Tengo la fuerte sospecha de que Prímula es una vacilona total.)

poni vacilón

OLIVER PICKETT: Experimenta con extraños ingredientes en su laboratorio de pastelería, y hace repostería rarísima como, por ejemplo, magdalenas de Ketchup, patatas fritas y judías. Todas sus recetas son top secret, incluso para su papá y su mamá. Es posible que tenga algunos trucos que puedan interesar a Violet.

PATSY ÉCLAIR: El vídeo la muestra en una cocina repleta de unos pasteles fantásticamente decorados. «¿Los hice yo? Ah, sí, los preparé antes. Hacer pasteles me resulta tan fácil, ¿sabéis? Sobre todo, el glaseado.» (¡ALERTA POR ENGREIMIENTO EXTREMO!)

glaseado

VIOLET MAPLE: El vídeo la muestra leyendo el libro de recetas de la abuela Maple y hablando con su familia de los pasteles que quiere preparar, en especial, la Maravilla Maple. Un sombrero de fieltro y una gabardina no es el atuendo más adecuado para hacer pasteles, pero Violet dice que se lo ha puesto porque es una Chica Investigadora. (¡UAU, nos ha mencionado!)

¡guay!

¡UN MOMENTO! ¿Acabo de ver a Prímula Gordon reír con disimulo? Espero que no se esté riendo de que Violet sea una Chica Investigadora. Debo decirle a Violet que la evite.

12.30
CARPA DE *AMASA O FRACASA*,
ZONA DE COCINAS

Cuando los vídeos terminaron, los concursantes empezaron a preparar sus espacios de trabajo para la prueba del cupcake. Parecía que Violet tenía un ataque de pánico: no paraba de abrir y cerrar armarios y de rebuscar en los cajones.

Conseguí distraer al papá y a la mamá de Violet haciendo que miraran hacia Spencer Spokes, que estaba firmando libros para un grupo de mamás entusiasmadas. Necesitábamos tiempo para que una de las Chicas Investigadoras estuviera a solas con Violet y la tranquilizara.

—¡Esto va a ser un desastre! ¡Voy a quedar como una idiota integral por televisión! —dijo Violet cuando nos acercamos a su cocina.

—¡Violet, podrías pasar la prueba del cupcake con los ojos cerrados! —dijo Poppy.

—¡No! No lo comprendéis. No está, lo he perdido... —dijo Violet, aferrándose a la encimera de la cocina.

—Por supuesto que no lo has perdido, Violet. Todavía tienes talento para hornear —le dije.

Mirada «esto va MAL»

—Mariella tiene razón: no te vengas abajo tan pronto. Recuerda el entrenamiento intensivo que hemos hecho —dijo Poppy. Pero me dirigió una mirada que significaba: «Esto va mal, muy mal».

43

—Pero ha desaparecido, no sé cómo... Prometí que no lo... —decía Violet. Se estaba poniendo histérica.

—¡Contrólate, Violet! —dije, pensando en lanzarle un vaso de agua fría por encima.

agua fría

como ábia

CÓMO TRANQUILIZAR A UNA PERSONA HISTÉRICA

—¡El LIBRO! ¡He perdido el libro de recetas de la abuela Maple! —soltó Violet.

Oh, oh. Eso era peor de lo que creíamos. El libro de recetas es verdaderamente algo especial para Violet, porque cree que le ha traído suerte hasta el momento en el concurso. Y le prometió a la abuela Maple que lo cuidaría bien.

—Intenta recordar dónde lo tenías la última vez y qué has hecho desde entonces —sugerí.

—Estaba tomando unas notas en mi receta para la prueba del cupcake. Lo dejé encima de la mesa cuando los del vídeo me hicieron la entrevista —dijo Violet—. Estaba hablándoles de la abuela Maple y de que me había dejado su libro porque cree que soy capaz de seguir sus pasos. Pero cuando volví, ¡el libro de recetas había desaparecido!

—Violet —dije, empezando a sospechar—. ¿Había alguien ahí cerca cuando dejaste el libro?

¡DESAPARECIDO!

—Los otros participantes se estaban preparando para la grabación —repuso Violet—. Les he preguntado y me han dicho que no han visto a nadie llevárselo.

—Violet, no creo que ellos te dijeran nada aunque hubieran visto lo que pasó con tu libro de recetas —dije. Mi instinto detectivesco se había puesto en marcha.

—¿Y por qué no? —preguntó Violet.

—Eres demasiado buena —respondió Poppy. A ella también se le había puesto en marcha el instinto detectivesco.

—No lo comprendo —se quejó Violet, desconcertada. (Debía de estar muy distraída a causa de la presión de *Amasa o fracasa*, porque en condiciones normales ya se hubiera dado cuenta de lo que queríamos decir.)

—Sospecho que alguien se ha llevado el libro, alguien que intenta arruinar tus oportunidades de ganar el concurso —afirmé.

NUEVO CASO POR RESOLVER: ~~EL CASO DEL LIBRO DE RECETAS DESAPARECIDO~~
EL ENIGMA DEL CUPCAKE*
(Porque eso suena más emocionante que El caso del libro de recetas desaparecido.)

*Enigma: Es un problema o misterio realmente difícil de resolver. (Aunque no demasiado difícil para las Chicas Investigadoras.)

13.20
CARPA DE *AMASA O FRACASA*, ZONA DE BAR PARA VIPS (HORA DE COMER)

No pensé que hoy abriría un caso nuevo. Eso demuestra que el *Manual para jóvenes superdetectives* estaba en lo cierto: nunca se sabe cuándo se va a presentar un caso.

Aunque Violet está muy conmocionada por la desaparición del libro de recetas, consiguió contarnos con detalle qué era lo que había sucedido antes de que desapareciera.

Gira la página para leer la declaración de la víctima.

47

VIOLET MAPLE: DECLARACIÓN DE LA VÍCTIMA

10.45: Violet se encuentra en la zona de camerinos, donde los participantes y el jurado disfrutan de un montón de pasteles gratis. Violet está demasiado nerviosa para comer, así que se pone a tomar notas en el libro de recetas de la abuela Maple.

10.55: Marie Sloops se le acerca y le pregunta qué está haciendo y le dice que su mamá le dijo que, cuando fuera mayor, le daría el libro de recetas de la familia Sloops.

10.57: Prímula Gordon oye la conversación y afirma que ella no necesita leer ningún libro de recetas porque es muy buena inventándoselas, la mejor del concurso, probablemente. (Mis sospechas eran ciertas: es una vacilona total.)

¡¡VACILONA!!

estelero estigador

RECETAS TOP SECRET

11.00: Oliver Pickett les pide que se callen porque está concentrado en una receta muy complicada.

48

11.07: Violet intenta entablar conversación con Patsy Éclair y le pregunta si está nerviosa. Patsy dice que está segura de que las pruebas serán tan fáciles que no tendrá ningún problema en ganar. (Esta chica confía DEMASIADO en sí misma.)

11.15: Violet está realmente nerviosa ahora. Cuando el equipo de grabación le pide una entrevista, se deja, por error, el libro de recetas de la abuela Maple encima de una mesa.

11.25: Violet regresa de la entrevista y se da cuenta de que el libro no está.

11.30: Prímula le dice a Violet que

LO HE PERDIDO

lo más probable es que lo haya perdido. Los miembros del equipo de *Amasa o fracasa* le dicen que debe dejar de buscarlo porque es hora de salir al plató para la presentación.

El *Manual de jóvenes superdetectives* dice que un buen detective debe tener cuidado de no hacer que un misterio sea más misterioso ni dramático de lo que es en realidad. De momento, diría que hay dos explicaciones para lo que ha sucedido con el libro de la abuela Maple.

Explicación más lógica y menos dramática:
Violet ha perdido el libro. Estaba tan nerviosa por el concurso que no lo dejó encima de la mesa, sino que lo tiró a la papelera por error o lo dejó en alguna bandeja de pastelitos sin darse cuenta.

Explicación también lógica pero mucho más dramática: El libro de la abuela Maple ha sido ROBADO. El ladrón debió de oír decir a Violet que su abuela es una pastelera famosa y que ella quiere llegar a ser como su abuela. El ladrón no quiere que ella gane, así que se llevó el libro.

Le conté a Violet cuáles eran mis explicaciones lógicas, y ella me dijo que estaba completamente segura de haber dejado el libro encima de la mesa, y de que no lo había tirado a la papelera ni puesto en ninguna bandeja.

Eso significa que nuestras sospechas son correctas: alguien, un concursante, un miembro del jurado o uno del equipo, ha **robado** el libro de recetas de la abuela Maple.

¿QUÉ TIPO DE CASO ESTÁS RESOLVIENDO?

Al principio de una investigación, no siempre está claro qué tipo de caso se está intentando resolver. Existen cuatro tipos de casos principales:

¿QUIÉN LO HA HECHO? En este caso, hay que averiguar quién ha cometido el crimen o el hecho misterioso.

¿POR QUÉ LO HA HECHO? – Es posible que sepas quién puede ser el culpable, pero no sabes por qué lo ha hecho. Tendrás que trabajar mucho para encontrar un motivo en este tipo de casos.

¿QUÉ HA SUCEDIDO? Ha sucedido algo misterioso. Quizá parezca que no ha sido obra de un ser humano. ¿Podría tratarse de un animal, de un extraterrestre, de un fantasma o de alguna otra criatura sobrenatural?

¿DÓNDE ESTÁ? Cuando algo ha desaparecido, deberás seguir las huellas y las pistas que te permitan encontrarlo.

14.15
CARPA DE *AMASA O FRACASA*: EMPIEZA LA PRUEBA DEL CUPCAKE

Por la tarde, cuando todos los concursantes entraron en el plató de la prueba del cupcake, el público los aplaudió.

—¡Bienvenidos al concurso juvenil de *Amasa o fracasa*! —dijo Harriet Blythington—. Este año el nivel es muy alto, pero las pruebas son muy difíciles.

—Muy difíciles —añadió Spencer Spokes, mirando al público con expresión muy dramática.

ASPECTO de Spencer

—Parece fácil hacer un cupcake, pero en realidad son tremendamente difíciles —continuó Harriet.

—Y aunque sea una competición juvenil, no quiero ver bizcochos que parezcan ladrillos ni glaseados que parezcan hechos por un niño de nueve años.

(Harriet lo dijo como si no se hubiera dado cuenta de que la mayoría de los finalistas tenían nueve años.)

—Buscamos el toque creativo. El tipo de pastel que aparece en mi último libro. ¿He mencionado mi último libro *Las chirivías y yo*? —dijo Spencer.

Harriet puso los ojos en blanco.
—Concursantes, tenéis dos horas para hacer los mejores cupcakes del mundo. Tres, dos, uno… ¡ADELANTE!

¿Los mejores cupcakes del mundo? ¡PRESIÓN!

PERFECTO

demasiado pequeño

raro

QUEMADO

demasiado alto

puaj

DEMASIADO GRANDE

demasiado ESPONJOSO

55

14.45
CARPA DE *AMASA O FRACASA*: CONTINÚA LA PRUEBA DEL CUPCAKE

De momento, parece que Violet soporta la presión bastante bien. Dijo que no quería decepcionar a la abuela Maple, así que va a dar lo mejor de sí en esta competición. Eso significa que Poppy y yo nos podemos concentrar en buscar pistas. Hemos estado observando por si veíamos a alguien hacer algo sospechoso. Como mirar el libro de recetas de la abuela Maple en secreto.

Las cámaras de *Amasa o fracasa* graban a los concursantes y muestran las imágenes en una pantalla enorme que se encuentra al fondo de la sala.

A Oliver Pickett no le gusta mucho que lo graben. Tiene algo que resulta un poco extraño. ¿Por qué es tan discreto?

—No puedo decirte, de ninguna de las maneras, cómo voy a preparar el relleno explosivo que irá dentro de mis cupcakes volcán. Es una combinación top secret de ingredientes minuciosamente seleccionados —dijo Oliver.

La cámara enfocó a Marie Sloops, que levantó la cabeza y sonrió; de repente, Prímula Gordon apareció delante de ella.

—Me encuentro en un momento verdaderamente decisivo en el proceso de preparación, así que quizá queráis grabarme a mí —dijo. Es muy vacilona, y muy mandona. Parece ser el tipo de persona que podría robar el libro de recetas de otro. (Por desgracia, no puedo acusarla sin tener pruebas, solo porque sea completamente insoportable.)

¡MIRADME!

Hizo que la cámara la estuviera grabando una eternidad, y no dejaba de decir que ella conocía la mejor técnica para hacer un cupcake rosa con sabor a rosa y glaseado rosa.

Luego la cámara estuvo grabando a Patsy Éclair, que se mostró fresca como un pepino.

—Voy a preparar un cupcake clásico, ligero y esponjoso, con una fina capa de glaseado de caramelo —dijo—. No soporto la masa muy espesa: solo un aficionado cometería un error como ese.

¡Increíble!

Es tan increíblemente arrogante. Empiezo a pensar que Violet es la única persona normal de todo el concurso.

ALARMA POR ARROGANCIA

—Me encantan tus moldes de cupcake brillantes —le dijo Marie a Violet delante de la cámara—. ¿Dónde los conseguiste?

brillantes

—Mi abuela me los dio. Dice que ayudarán a que mis cupcakes resulten auténticamente misteriosos —respondió Violet.

Vi que Violet no sabía si debía mirar a cámara o a Marie.

«Mmm», pensé. ¿Por qué estaba Marie tan interesada en lo que hacía Violet? ¿No estaba un poco demasiado interesada? ¿Podía ser ella quien se hubiera llevado el libro de recetas? Después de Violet, es la concursante más simpática, pero podría tratarse de un truco muy bien elaborado.

CARPA DE *AMASA O FRACASA*, ZONA VIP
(EN MI ASIENTO, EN ASCUAS)

Al cabo de lo que me pareció solamente un segundo, Spencer Spokes anunció:
—¡Diez minutos, pasteleros, os quedan diez minutos!

Prímula estaba de rodillas en el suelo y le gritaba «¡ÁBRETE!» a la puerta del horno. Marie Sloops se

estaba esforzando por abrir una enorme lata de melocotones, y Violet, sin querer, se había duchado con el azúcar del glaseado. Pero ya había sacado todos los cupcakes del horno, así que si conseguía añadirles el glaseado, todo iría bien.

Patsy era la única que no parecía a punto de hundirse bajo tanta presión. Sacó su bandeja de cupcakes del horno con toda tranquilidad y le dio la vuelta. Los pastelitos cayeron sobre la encimera y se oyeron unos ruiditos sordos. Patsy empezó a dar unos golpecitos en la masa con el dedo. ¡Ja! ¿No había dicho que solo los aficionados hacían una masa demasiado espesa?

¡PUM!

(¡ja!)

Si ha sido ella la que se ha llevado el libro de recetas de la abuela Maple, está claro que no se ha leído el capítulo sobre la masa ligera y esponjosa.

Oliver estaba todo el rato mirando dentro de uno de los armarios y mirando el reloj. ¿Qué miraba, ahí dentro? ¿El libro de recetas de la abuela Maple? Pero no pude pensar en ello mucho rato porque, de repente, Oliver gritó:

—¡Noooooooooooooo!

Corrió hasta el horno, pero ya era demasiado tarde.
Sacó la bandeja, llena de «volcanes» derretidos y
ennegrecidos. La punta de uno de ellos salió volando
por el aire y disparó un chorro que
parecía mermelada de frambuesa
contra el techo de la carpa.

humo

Oliver observó,
incapaz de
hacer nada,
cómo todos
los pasteles
explotaban.

—¡No lo comprendo!
—se lamentaba—. He comprobado la temperatura del
horno tres veces. ¡Se suponía que no debían explotar
hasta que los mordieran!

En ese momento, el estruendo de bandejas y cuencos
de las cocinas se vio interrumpido por el sonido de
una campanita de porcelana. Era Harriet.
—Ya está, pasteleros. El tiempo ha terminado.

Se oyó una música dramática de fondo, y los finalistas llevaron sus pastelitos a los miembros del jurado, por turnos, para que los probaran. Spencer Spokes y Harriet Blythington probaron los pastelitos de Marie primero. Marie había hecho tantos cupcakes de albaricoque que podría haber alimentado a setenta y cinco personas.

—Una buena cantidad de cupcakes, y una decoración y un sabor de albaricoque muy interesantes —dijo Harriet, dando un mordisco. Pero, de repente, lo escupió—: ¡Oh, cielos! ¡Un pelo! ¡Este pastelito tiene un pelo dentro!

pastelitos peludos

—Pero si llevaba puesta la cofia. Mamá dice que siempre me ponga una por si acaso. ¡No sé cómo ha pasado! —dijo Marie.

—Quizá los pelos en la comida sean habituales en los comedores escolares, pero no se acepta su presencia en *Amasa o fracasa* —dijo Spencer Spokes, muy serio.

Parecía que las cosas no iban demasiado bien para los finalistas.

Violet había hecho un trabajo brillante con su glaseado, pero los cupcakes le quedaron crudos por dentro. Los de Prímula estaban muy bien decorados, pero habían quedado completamente planos. Y los miembros del jurado se negaron a probar los volcanes de Oliver.

Por la cara que ponían, parecía que ni Harriet ni Spencer quisieran arriesgarse a probar los pastelitos de Patsy, tampoco.
—Es la masa más espesa que he tenido la desgracia de llevarme a la boca en toda mi vida —dijo Harriet.

—Y sabe a... absolutamente nada —dijo Spencer Spokes.

—Este es el único pastelito que resulta medio comestible. Me duele decirlo, pero Patsy Éclair es la ganadora de la prueba del cupcake —dijo Harriet Blythington—. Más vale que lo hagáis mejor a partir de ahora, finalistas: esperamos cosas MUCHO mejores de vosotros en la próxima prueba.

16:30
EXTERIOR DE LA CARPA DE *AMASA O FRACASA*

—Aquí está pasando algo raro.
No se trata solamente de lo que
ha sucedido con el libro de recetas
—dijo Violet.

QUEMADO

—Sí, mala suerte con los pastelitos —dijo Poppy.

—¡SUERTE! La suerte no tiene nada que ver con eso,
Poppy —dijo Violet, furiosa—. Yo sé que puse el horno
a la temperatura correcta. Pero cuando volví a mirar,
la temperatura estaba más baja. ¿Y no os parece raro
que unos pasteleros con experiencia cometan errores
tan tontos como poner el horno demasiado alto o dejar
caer pelos en sus pasteles?

—Violet... ¿quieres decir que alguien ha estado manipulando los hornos y poniendo pelos en los cupcakes deliberadamente? —pregunté.

—Sí, Mariella, eso digo. Y que alguien está intentando arruinar las probabilidades de ganar de todos los concursantes... no solo las mías —dijo Violet.

—Esto es muy grave. Podríamos estar ante un caso de sabotaje deliberado* —dije.

¡Este concurso es una absoluta LOCURA! Yo esperaba comer un montón de sabrosísimos pastelitos y, quizá, soltarle a Violet algunos discursos sobre motivación. Pero si todo eso ha sucedido el primer día, ¿quién sabe qué sucederá a partir de ahora?

*SABOTAJE: Es cuando uno intenta arruinar algo deliberadamente, estropeándolo o rompiéndolo, o cuando pones el horno al máximo para quemar los pastelitos de alguien. La persona que sabotea algo se llama «saboteador».

templado caliente
frío QUEMAR PASTELITO

MARTES
13 de mayo

FINAL DE AMASA O FRACASA,
SEGUNDO DÍA:
PRUEBA DE LA CESTA
DE PICNIC

PRUEBA DE LA CESTA DE PICNIC
¿A quién va a elegir el jurado?

CONOCE A TU SOSPECHOSO:
Cómo detectar personajes sospechosos

Un buen detective es capaz de detectar un personaje sospechoso rápidamente. ¿Sabes qué es lo que tienes que observar? Si practicas tus dotes de observación, eso te ayudará a descubrir a los principales sospechosos.

Entre los comportamientos sospechosos se encuentran:

1. Parecer alterado (como si hubieran estado haciendo algo malo).

sudar

Sudar

Una mirada errática

El pelo desordenado

2. Silbar inocentemente. Eso puede delatar que alguien está intentando disimular alguna actividad sospechosa.

botín #

3. Caminar furtivamente. Es posible que un sospechoso mire a su alrededor cada pocos segundos para ver si alguien lo está siguiendo.

4. Correr muy deprisa. Hazte la siguiente pregunta: «¿Esa persona corre porque hace ejercicio o porque está escapando de la escena de un crimen?».

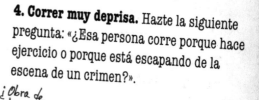

¡Obra de incalculable valor?

EL CONSEJO

Mira a ver si alguien parece estar escondiendo un objeto debajo de la ropa. Es posible que lo acabe de robar.

9.15
22, SYCAMORE AVENUE, MI HABITACIÓN

Después de los incidentes de ayer, de lo que parecía ser un sabotaje, convocamos una reunión urgente de las Chicas Investigadoras para esta mañana.

Hemos elaborado una lista de los principales sospechosos, hemos analizado los hechos y hemos intentado imaginar cuál puede haber sido el motivo.

Es posible que el saboteador crea que nadie sabe lo que está haciendo. ¡Bueno, pues no sabe nada de las Chicas Investigadoras! ¡Vamos tras él!

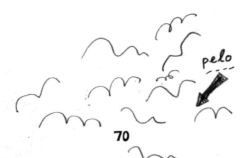

pelo

EL ENIGMA DEL CUPCAKE: SOSPECHOSOS HASTA EL MOMENTO:

1. El libro de recetas de Violet Maple ha desaparecido misteriosamente... ¿ha sido porque el saboteador sabe que ella tenía muchas probabilidades de ganar el concurso y quería impedirlo?

¡PLANOS!

cupcakes volcán

2. La temperatura de los hornos, los ingredientes y las mezclas han sido manipulados. Esas cosas han sucedido tan cerca en el tiempo que parece probable que tengan relación entre ellas. Creemos que todas esas cosas son obra de la misma persona.

POSIBLE MOTIVO:

Todos los concursantes de *Amasa o fracasa* (aparte de Violet) tienen buenos motivos: quieren asegurarse de GANAR el concurso.

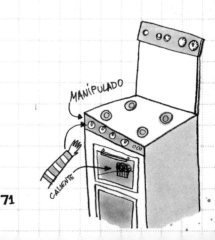

MANIPULADO

CALIENTE

PRINCIPALES SOSPECHOSOS:

PATSY ÉCLAIR: Ganó la prueba del cupcake, así que debería ser nuestra única sospechosa... pero sus cupcakes también parecían haber sido saboteados. ¿Alguien manipuló su receta, o quizá le salieron mal porque ella estaba ocupada saboteando los pastelitos de los demás?

OLIVER PICKETT: ¿Estaba tan concentrado en estropear pastelitos que no se dio cuenta de que los suyos se estaban quemando? ¿Y qué miraba en el armario? ¿El libro de recetas de la abuela Maple?

MARIE SLOOPS: Parece agradable: ¿estará actuando? Le dijo a Violet que debe esperar a hacerse mayor para que le den el libro de recetas de la familia Sloops. ¿Por eso se ha llevado el de Violet? Pero los cupcakes de Marie tenían un montón de pelos.

PRÍMULA GORDON: Vi que se reía al saber que Violet era una Chica Investigadora. Y también le dijo a Violet que lo más probable era que hubiera perdido el libro de recetas. ¿Era una forma de disimular? Dijo que ella no necesitaba ningún libro de recetas porque ya tenía un montón de ideas. ¿Eso también lo decía para disimular? Pero si ella es la saboteadora, se distrajo mucho estropeando los pastelitos de los demás, porque los suyos salieron malísimos.

SOSPECHOSOS QUE PROBABLEMENTE NO LO HICIERON, PERO HAY QUE VIGILARLOS:

HARRIET BLYTHINGTON Y SPENCER SPOKES: Aunque sean el jurado, nunca se sabe. ¿Quizá intentan captar más audiencia haciendo que el concurso sea más difícil?

VEREDICTO: NO CONFIAR EN NADIE

Poppy y yo vamos a fingir que hacemos unas entrevistas para el periódico de la escuela, pero en realidad estaremos observando por si detectamos algún comportamiento extraño o por si encontramos alguna pista.

El *Manual para jóvenes superdetectives* dice que si uno se vale de una historia falsa para obtener información de la gente, hay que ser muy convincente para que no le descubran. Yo conozco un montón de detalles sobre lo que es trabajar en un periódico, porque papá es periodista en el *Puddleford Gazette*. Fui a trabajar con él una vez y allí había un montón de personas que decían cosas como: «Necesito más café si quiero cumplir los plazos» o «¡Este artículo tiene una errata!».

Violet se va a encargar de tener los ojos bien abiertos y los oídos sintonizados para detectar cualquier señal de mentira mientras continúa haciendo pasteles geniales.

disfraz de periodista

ovejas

10.20
CARPA DE *AMASA O FRACASA*

Hoy la carpa está decorada de acuerdo con la prueba de la cesta de picnic. Hay un montón de balas de paja, e incluso unas cuantas ovejas que dan vueltas por las cocinas. Tiene un aspecto muy bonito y afable, pero no me engañan. ¿Quién sabe lo que *Amasa o fracasa* tiene preparado para los concursantes? ¿Y quién sabe lo que piensa hacer el saboteador ahora?

El hecho de que Poppy sea un auténtico genio me ha hecho sentir mejor. Ayer por la noche consiguió encontrar tiempo para hacer unas fantásticas camisetas para el equipo de Violet. Ahora las llevamos puestas. Eso significa que le estamos dando un mensaje al saboteador: Violet no será vencida.

Estoy impaciente por ver la cara de Violet cuando nos vea con las camisetas puestas.

DELANTE

MANTÉN LA CALMA y concéntrate en los pastelitos

cara de VIOLET

LAS Chicas Investigadoras resuelven todos tus misterios

Detrás

Ahora vamos a empezar nuestras entrevistas falsas para el diario de la escuela con los padres de los concursantes. Quiero pensar que, al ser padres, no habrán animado a sus hijos a hacer trampas. Pero quizá sepan algo, o quizá estén relacionados con el engaño. Empiezo a creer que cualquier cosa es posible. Pronto os informaré de ello.

Lee nuestras fantásticas entrevistas.

ENTREVISTAS:
LOS PADRES DE LOS CONCURSANTES

SEÑORA GORDON (MAMÁ DE PRÍMULA):
Se mostró muy interesada en salir en el periódico de la escuela. (Es evidente que es una vacilona, igual que Prímula.) Dijo: «¡Prímula piensa hacer una enorme fiesta para celebrar su victoria!». ¿Su victoria? ¿Quizá Prímula está tan segura de ganar porque sabe que nadie tendrá una oportunidad de conseguirlo?

SEÑORA SLOOPS (MAMÁ DE MARIE): No pareció que ocultara nada. Dijo que Marie llevaría dos cofias hoy, para estar completamente segura de que no hubiera ningún accidente con los pelos. (Estuvo siglos hablando del comedor de la escuela.)

SEÑOR Y SEÑORA PICKETT (PAPÁS DE OLIVER):

Dijeron que hacía semanas que Oliver practicaba sus recetas. Oliver mantiene sus experimentos en secreto, por si alguien intenta copiárselos. Interesante. ¡En su laboratorio podría planificar cualquier cosa, como, por ejemplo, un hábil plan de SABOTAJE!

SEÑORA ÉCLAIR (MAMÁ DE PATSY):

Dijo que «el puro talento de pastelera de Patsy» era fácil de ver. (¿De verdad?) También dijo que Patsy era muy madura para su edad, a diferencia de los demás participantes. (Mientras decía eso, miraba fijamente nuestras camisetas de equipo de Violet. ¡MALEDUCADA!)

Reunimos un montón de pruebas incriminatorias, pero nada que hiciera parecer a una persona más culpable que las demás. ¡Simplemente, los concursantes son RAROS!

la cesta de picnic

11.00
¡LA PRUEBA DE LA CESTA DE PICNIC ESTÁ A PUNTO DE EMPEZAR!

Poppy y yo hemos puesto a punto nuestros binoculares de jóvenes superdetectives: no queremos perdernos detalle. Y para que no olvidemos nada que pueda resultar de importancia más tarde, voy a escribir todo lo que vaya sucediendo:

¡yo, resolviendo el misterio!

LA PRUEBA DE LA CESTA DE PICNIC

10.30: Spencer Spokes saca un trocito de papel de la gigantesca cesta de picnic. Los concursantes deberán hacer un pastel de merengue de limón.

10.39: Después de escuchar el LARGO discurso de Harriet acerca de la manera correcta de montar el merengue, los concursantes empiezan.

10.52: Oliver parece estresado. Está mirando dentro del armario otra vez. Poppy intenta aumentar la lente de nuestros binoculares, pero

lentes de rayos X

no lo consigue. (Para mi cumpleaños debo pedir unos lentes de rayos X para jóvenes superdetectives.)

11.02: Marie se emociona excesivamente con su batidora eléctrica y le lanza un montón de merengue a Violet en la cara. ¿Ha sido deliberado? Violet ni siquiera levanta la mirada. Nuestro entrenamiento de Chicas Investigadoras ha valido la pena.

batidora

11.17: La mamá de Patsy se da la vuelta y le pide a la mamá de Violet que nos diga a Poppy y  a mí que dejemos de susurrar y de mirar por los binoculares. La mamá de Violet le contesta que lo único que hacemos es disfrutar del concurso y, en cuanto la señora Éclair se gira de nuevo, le hace una mueca.

11.23: Oliver ha fabricado una pantalla con servilletas de papel alrededor de su pastel. Dice que su merengue debe permanecer oculto hasta que el pastel esté terminado. ¿Estará haciendo alguna otra cosa detrás de esas servilletas de papel? ¿Como, por ejemplo, preparar algo con un sabor asqueroso para poner en los pasteles de los demás?

11.25: Violet ha tenido la buena idea de explicarle a Harriet que prefiere «el sabor a la forma» (ese es otro de los consejos de la abuela Maple). Harriet dice que el pastel de Violet tiene todas las cualidades de un pastel ganador y que, de momento, es el mejor que ha visto.

el mejor

11.30: *No hay ninguna prueba de que haya habido ningún sabotaje, de momento. La temperatura de los hornos se mantiene constante.*

11.35: *Prímula dice en voz muy alta: «¡CIELO SANTO! ¡Mi merengue es tan grande que no creo que me quepa en el horno!». Se pavonea ante la cámara de su técnica de batir. Hará cualquier cosa por salir en televisión.*

11.52: *Patsy saca del horno unos pastelitos de merengue de limón muy pequeños. «Los pasteles son tan poco sofisticados. Esto son minitartaletas de merengue de limón.» Es tan engreída. Apuesto a que se cree que es la reina del glasé... Poppy dice que es la reina del paripé y no del glasé. (Ja.)*

11.55: *El tiempo ha terminado y los pasteles están colocados en su sitio para que el jurado los pruebe.*

REINA DEL PARIPÉ

¡LOS PASTELES!

ENORME

MARIE: Es tan grande que podría alimentar a un comedor de escuela lleno de gente.

VIOLET: ¡Una purpurina comestible lo hace muy atractivo y un poco misterioso!

purpurina

PATSY: Minitartaletas (o como sea que las llame). Me parece muy poco pastel.

MÁS ENORME

PRÍMULA: El pastel es tan grande que no puede ponerlo en su mostrador sin ayuda.

OLIVER: Ha recreado el rostro de Harriet Blythington con la cobertura de merengue. ¡UAU!

11.57: Spencer Spokes dice que no puede valorar los pasteles después de haber trabajado tanto durante la mañana, así que anuncia un descanso para desayunar. DEDUCCIÓN DE LAS CHICAS INVESTIGADORAS: Está celoso de que no hayan hecho su cara con merengue.

12.50
CAFETERÍA DE *AMASA O FRACASA*

El descanso para la comida no podía haber llegado en un momento más oportuno: hemos conseguido ponernos al día con Violet. Afirma que no ha visto nada sospechoso, pero deberemos esperar a que el jurado haya probado los pasteles para comprobar que realmente no haya pasado nada.

Le comenté a Violet mi deducción de que el saboteador de los pasteles mantenía una actitud discreta para no levantar sospechas. Pero ella respondió que eso podía significar que, en realidad, no había ningún saboteador y que, quizá, había perdido el libro de recetas y que los pastelitos del día anterior habían sido un desastre porque los finalistas estaban nerviosos.

Sé que debería desear que Violet tuviera razón. Para ella sería mejor que nadie estuviera jugando una mala pasada, y yo deseaba que ella ganara el concurso, pues era su sueño. Pero hace ya bastante tiempo que no tenemos ningún caso, y sería genial que pudiéramos resolver este. (Si es que hay, de verdad, un caso.)

Un momento. ¡Hemos oído un **ENORME** estruendo procedente de la carpa! Debemos investigar.

trofeo del ganador

86

18.00
CUARTEL GENERAL DE LAS CHICAS INVESTIGADORAS

¡MÁXIMA ALERTA POR SABOTAJE!

Ahora puedo confirmar que no nos cabe ninguna duda de que hay un saboteador. Este es el único momento en que he podido redactar un informe de lo sucedido:

INFORME DEL CASO:
ESCENA DEL DESASTRE

12.53: Después de oír el fuerte estruendo procedente de la zona de las cocinas, las Chicas Investigadoras llegan las primeras a la escena. Descubrimos un asombroso acto de sabotaje. Violet grita.

¡AAAHHH!

12.54: Su pastel de merengue de limón se encuentra al lado del de Marie, en el suelo, aplastado. La tela de uno de los laterales de la carpa se ha abierto y está ondeando al viento.

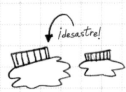

¡desastre!

12.55: Los demás concursantes corren hasta la zona de cocinas, seguidos por Harriet Blythington y Spencer Spokes. Marie grita: «MI PASTEL. ¿QUIÉN LE HA HECHO ESO A MI PASTEL?».

12.57: Harriet se lamenta de que los pasteles de Violet y Marie parezcan haber caído a causa de una «extraña corriente de aire». Dice que no es posible que alguien los haya tirado de forma deliberada, porque ese tipo de cosas no suceden en *Amasa o fracasa.*

¿aire?

13.05: El jurado anuncia que los pasteles deben ser valorados siguiendo el punto 502 del estatuto: «*Amasa o fracasa* no se responsabiliza de caídas o aplastamientos accidentales de los pasteles, tartas o pastas elaborados por los concursantes».

13.10: Harriet y Spencer alaban con educación los pasteles de Marie y de Violet, a pesar de que no son más que una amarillenta masa deshecha y revuelta.

13.15: Oliver asegura que su pastel es un homenaje al genio del merengue, Harriet Blythington. Patsy recibe críticas por no haber puesto limón en sus tartaletas de merengue de limón. Parece enojada.

13.20: Spencer Spokes está a punto de llevarse a la boca una cucharada del enorme pastel de Prímula cuando se oye una voz que sale de dentro del mismo: «¡Socorro!».

13.21: Harriet Blythington da un golpecito al pastel y la parte superior se cae. La hermana pequeña de Prímula, Charlotte, saca la cabeza de dentro del pastel. Charlotte está sollozando y está completamente cubierta de crema de limón. El público ahoga una exclamación. (Nadie esperaba algo así.)

¡Aaahhh!

¡pringue!

completamente alucinante

89

13.25: Prímula intenta explicar al jurado que la salida de su hermana del pastel debería haber sido un momento sensacional. Prímula admite haberse colado en la carpa durante el descanso de la comida para esconder a su hermana, antes de que la «extraña corriente de aire» tirara los pasteles de los demás concursantes. (¡Probablemente, nada de eso sea cierto!)

13.30: El jurado descalifica a Prímula de la prueba por haber añadido un ingrediente extra cuando el límite de tiempo había terminado. Prímula da un golpe en el suelo con el pie y grita: «¡No es justo!». (Tampoco lo es hacer trampa. ¡Ja! ¡Le está bien empleado!)

¡berrinche!

13.32: El jurado anuncia que Oliver es el ganador de la prueba de la cesta de picnic. Patsy grita: «¡Oh, VALE, como si me importara!», y se va, enojada. (¡Insolente!)

VEREDICTO: NO HA HABIDO NINGUNA EXTRAÑA CORRIENTE DE AIRE. EL SABOTEADOR CONTINÚA EN ACCIÓN. (Y PARECE MUY PROBABLE QUE SEA PRÍMULA GORDON.)

19.15
CUARTEL GENERAL DE LAS CHICAS
INVESTIGADORAS, ZONA DE DESCANSO

Solamente los casos muy graves requieren una
reunión de emergencia del equipo de las Chicas
Investigadoras, y acabamos de tener la segunda en
dos días. Es una locura. Debemos detener a Prímula
antes de que haga nada más para acabar con las
oportunidades de Violet. (En cuanto la vi, me di
cuenta de que me caía mal.)

Violet parecía completamente abatida.
—Esto no me gusta, chicas —dijo—. Si esa Prímula
está intentando acabar con las posibilidades de ganar
de todo el mundo, es verdaderamente
mala. Ese era el mejor pastel de
merengue de limón que
había hecho en mi vida, y
acabó hecho papilla.

abatida

—Era evidente que alguien había tirado al suelo los pasteles, incluso antes de saber que Prímula se había colado durante la hora de comer —añadió Poppy.

—Evidente para nosotras —repuse—. Pero no todo el mundo es un joven superdetective como nosotras. Nuestro principal sospechoso hizo un buen trabajo al conseguir que pareciera un accidente.

—¡Ya da lo mismo si abandono! —exclamó Violet—. Ya oísteis lo que dijo Harriet: «Ese tipo de cosas no suceden en *Amasa o fracasa*».

—Estoy segura de que podemos convencerla —dije—. Y anímate, piensa en la cara que puso Prímula cuando la descalificaron. ¡Le salió el tiro por la culata!

Yo estaba segura de que si Harriet supiera lo del libro de recetas y lo del sabotaje durante la primera prueba, reconsideraría lo que había sucedido con los pasteles de merengue de limón. ¿Verdad?

cámara

19.35
CUARTEL GENERAL DE LAS CHICAS
INVESTIGADORAS, ESCRITORIO

Acabamos de analizar las fotos que hicimos antes de
que Violet tuviera que recoger su pastel del suelo, y
ahora puedo confirmar que tenemos pruebas de que
no fue ningún accidente. Ahora mismo no son pruebas
sólidas* porque todavía no tenemos ninguna foto
de Prímula con las manos en la masa. Ojalá hubiera
encontrado las pruebas en la carpa, pero todo sucedió
demasiado deprisa.

*PRUEBA SÓLIDA: pruebas muy claras que
demuestran sin lugar a dudas que alguien
hizo algo.

prueba

ESCENA DEL DESASTRE:
ANÁLISIS FOTOGRÁFICO

Pasteles a salvo de la «extraña corriente de aire». (No es lo que sucede normalmente durante una extraña corriente de aire.)

NO TOCAR

¡papilla!

PASTEL DE VIOLET: El pastel cayó en dirección a la lona abierta: si lo hubiera tirado la corriente de aire, habría caído hacia el otro lado.

PASTEL DE MARIE: Cayó desde el otro lado de la mesa hasta el lugar en que estaba el de Violet. ¿Hubiera caído del mismo modo si lo hubiera tirado el aire?

tornado

SITUACIÓN CLIMATOLÓGICA DE HOY: Calma y buen tiempo: no se había previsto ningún tornado súbito, por lo que sabemos.

Esta prueba sugiere que Prímula se coló en la zona de cocinas no solamente para esconder a su hermana dentro del pastel, sino también para destrozar los pasteles de Violet y de Marie. No me puedo creer que eso sucediera ante nuestras narices.

—Un momento —dijo Poppy—. Si Prímula es la saboteadora, ¿por qué destrozó únicamente los pasteles de Violet y de Marie? Los de Oliver y Patsy también competían con el suyo.

—¿Quizá solo quería destrozar el de Violet, y el de Marie se le cayó por accidente? —dije—. Todo el mundo oyó que Harriet decía que el pastel de Violet era muy bueno: eso significaba que era una amenaza para Prímula.

—O quizá Prímula se volvió loca de celos por el pastel, tiró los platos al suelo y luego tuvo que escapar corriendo antes de terminar porque había hecho mucho ruido —dijo Poppy.

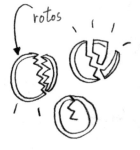

rotos

Violet se levantó de repente:

—Me parece increíble que me dijera que yo había perdido el libro de recetas si ella lo había robado. Ahora mismo podría estar leyendo mi receta del Maravilloso Misterio Maple. ¡Si no recupero esa receta antes de la prueba del pastel más rompedor, no tendré ninguna oportunidad! ¡DEBEMOS DETENERLA!

Uau. ¡Adelante, Violet! Eso es lo que significa ser una Chica Investigadora: buscar la verdad e impedir que se cometan terribles actos de sabotaje contra los pasteles.

mi expresión de seriedad absoluta.

20.00
CUARTEL GENERAL DE LAS CHICAS INVESTIGADORAS, ALERTA POR INTRUSO

Estábamos todas muy serias porque intentábamos resolver un caso MUY serio, cuando oímos que una voz chillona rompía el silencio...

—¡Mariiiieellllaaaa! ¡Mírame! ¡Mira esto!

Arthur se tambaleaba por el patio, metido dentro de uno de sus absurdos disfraces: el de un cupcake gigante con glaseado de color rosa. Estaba claro que no veía dónde ponía los pies, porque estuvo a punto de chocar contra un árbol. Es tan ridículo.

—¡Mamá dijo que te encantaría! —gritaba—. Lo encontramos en el desván. ¡Dijo que era tuyo!

¡¿Qué!?

Por desgracia, reconocí ese disfraz. Pero ahora soy una detective completamente profesional, así que no quiero que nadie sepa que antes me disfrazaba de cupcake gigante.

—¡No sé de qué hablas! —grité—. Nunca había visto ese ridículo disfraz.

—Sí, Mariella, acuérdate —dijo Poppy—. Lo llevabas puesto en mi quinto cumpleaños.

—¡Yo también me acuerdo! —asintió Violet, sonriendo por primera vez desde que su pastel había sido víctima del sabotaje.

A veces es difícil ser una brillante joven superdetective cuando tus amigas también lo son. Poppy y Violet han entrenado sus mentes para recordar las pistas importantes. Eso significa que son capaces de recordar cualquier cosa ridícula que hayas hecho antes de convertirte en una detective de verdad.

MIÉRCOLES
14 de mayo

FINAL DE AMASA O FRACASA,
TERCER DÍA:
Prueba de la fiesta infantil

Misión: Convencer a Harriet
y a Spencer de que Prímula
es una tramposa **TOTAL**.

09.25
CARPA DE *AMASA O FRACASA*,
ZONA VIP

Esta mañana, Poppy, Violet y yo hemos llegado muy
temprano para hablar con Harriet Blythington y con
Spencer Spokes. Espero que Violet no tarde. Ha ido
a la zona de camerinos a buscarlos. Casi no soporto
mirar al equipo de mascotas de *Amasa o fracasa*,
que, con mallas negras y tutús, está
practicando los lanzamientos
con platos de papel vacíos.
Esos platos pronto estarán
llenos de nata, y si los
concursantes cometen
un solo error, PLAF,
esa nata irá directa a
su cara.

gorro de
fiesta

tutú

10.02
CARPA DE *AMASA O FRACASA*, CON CALMA

Las cosas no van conforme a lo planeado. Primero,
Violet nos hizo llegar la siguiente nota desde los
camerinos:

A Spencer Spokes le están arreglando el
pelo: el equipo de peluquería no permite
que me acerque a él. Harriet está
ocupada preparando su anuncio especial.
Me preocupa que envíe a alguien a casa
por ser un desastre (a mí). Continuaré
intentando hablar con los jefes. Debo
dejaros para preparar los ingredientes
de mis *macaroons* misteriosos. Estoy
preocupada.

Violet xx

laca

macaroons
misteriosos →

Luego, mientras Poppy y yo intentábamos pensar en qué íbamos a decirle al jurado, una voz familiar procedente de la gran pantalla, en la zona de cocinas, nos interrumpió.

—¡Uau! Me alegro tanto de estar aquí con las Chicas Investigadoras. ¿Esto va a salir por televisión?

¡ARTHUR! Procuré mantener la calma, como si no supiera de quién se trataba, por si alguien estaba mirando.

—¿QUÉ está haciendo aquí? —le pregunté a Poppy.

—Oh, lo siento, Mariella —dijo la mamá de Violet—. Tu mamá me ha mandado un mensaje y me ha dicho que se iba a pasar por aquí. ¡Tu papá ha conseguido unas entradas en el último minuto del *Puddleford Gazette*!

¡NO! Eso es terrible. Si el jurado lo ve metiéndose por ahí, nunca nos va a tomar en serio.

—Mi concursante favorita es Violet. Es una experta. ¡Es mi mejor amiga! —decía Arthur, sonriendo de oreja a oreja y mostrando su anuario de *Amasa o fracasa*—. Formo parte de las Chicas Investigadoras, ¿sabéis?

No me puedo creer que mamá y papá lo hayan mandado aquí. Athur me oyó cuando les contaba que Prímula era nuestra principal sospechosa, y empezó a hacer un montón de preguntas pesadas. Ahora me estará pinchando todo el día y, probablemente, gritando cosas tipo «¡FUE PRÍMULA!».

¡Aaaaaaahhhhhhh!

Un momento, acabo de oír el anuncio especial de Harriet. ¡Inspección de zonas de trabajo! Va a dar unos puntos extra a los concursantes que tengan la cocina ordenada. Bueno, eso es fácil. Violet puede arreglárselas sola, sin problema.

cocina de Violet, organizada

HUEVOS

HARINA

Oh no, espera...

¡Hubo un segundo anuncio! Un cambio de prueba. La prueba final no va a ser el pastel más rompedor, sino una tómbola. Los concursantes sacarán un ingrediente aleatorio de dentro de un bombo gigante y deberán utilizarlo para cocinar. Un año, un chico «fracasó» porque no se le ocurrió qué pastel podía hacer con unos espaguetis. Se tumbó en el suelo y empezó a retorcerse mientras afirmaba que él era un espagueti. Verlo fue horroroso.

Probablemente, Violet esté sufriendo una crisis Maple ahora mismo.

14.03
CUARTEL GENERAL DE LAS CHICAS INVESTIGADORAS

¡DESASTRE! Es lo peor que les ha pasado a las Chicas Investigadoras en toda la vida. Me han tendido una trampa y me han acusado de intentar sabotear *Amasa o fracasa*.

Estábamos esperando a que empezara la inspección de las cocinas, y todo parecía ir bien. No estaba sucediendo nada que indicara un sabotaje o algo similar hasta que Violet abrió su armario. Entonces nos miró a Poppy y a mí con una expresión que decía: «¡Necesito ayuda de las Chicas Investigadoras AHORA!».

La mirada

105

Cuando llegamos a su lado, Violet me dio una bolsa y susurró:

—Toma esto. ¡Creo que Prímula intenta tenderme una trampa!

Mi instinto de detective se activó. Guardé la bolsa debajo de mi camiseta del equipo de Violet y agarré a Poppy del brazo. Teníamos que llevarnos esa bolsa lejos de los jueces... ¡YA!

Mientras nos dirigíamos a la salida, Prímula intentó detenernos. «¡Quiere la bolsa!», pensé.

—Me han contado muchas cosas de tu periódico escolar. Me preguntaba si podrías escribir un artículo sobre mí —dijo Prímula.

—¡Debo irme, hora límite de entrega! —respondí. No pensaba dejarme engañar con tanta facilidad.

Y en ese momento, atrayendo una mayor atención hacia nosotras, dijo:

—¡No deberíais estar ahí abajo, es zona exclusiva para concursantes!

Ya estábamos casi en la salida cuando uno de los miembros del equipo de *Amasa o fracasa* se interpuso delante de nosotras y nos dijo que volviéramos a nuestros asientos. La grabación estaba a punto de empezar. Ojalá hubiéramos salido corriendo, pero en ese momento no podía arriesgarme a llamar más la atención sobre nosotras... y sobre la bolsa.

La inspección de cocinas pareció durar una eternidad. Harriet no dejaba de hablar de motas de polvo en servilletas de papel y de migajas en el suelo. Al final, la prueba de la fiesta infantil empezó. Pero yo no podía dejar de preguntarme qué debía de haber dentro de la bolsa para que Violet pudiera parecer culpable.

De repente, la carpa empezó a llenarse de un denso humo negro.

Se oyó una voz por los altavoces:

ALERTA POR PASTEL QUEMADO
ALERTA POR PASTEL QUEMADO
¡EVACUAD LA CARPA!

—¡Mariella, corre! —exclamó Poppy, levantándose de su asiento.

Esa era la oportunidad de sacar la bolsa fuera (de la carpa). Mientras corría hacia la salida, me di la vuelta para asegurarme de que Poppy estaba detrás de mí… y me tropecé con la mamá de Patsy. Fue como si hubiera aparecido de la nada.

Me caí al suelo y la bolsa se deslizó por debajo de la camiseta.

La bolsa fue a parar al suelo y, de su interior, salió un pequeño osito de peluche que llevaba puesto un sombrero de cocinero. Pensé que eso no parecía demasiado incriminatorio.

Entonces, Oliver gritó:
—¡FUISTE TÚ! ¡Tú me robaste mi mascota de la suerte, el *Señor Bunsworth*, la sacaste de mi armario!

Así que era eso lo que no dejaba de mirar dentro del armario. Entonces me di cuenta de que me encontraba en una situación que el *Manual para jóvenes superdetectives* hubiera calificado de peliaguda.

La gente empezó a agruparse a mi alrededor y, antes de que pudiera evitarlo, la señora Éclair le dio al jurado la bolsa con pruebas incriminatorias y dijo:
—Harriet, Spencer, mirad esto.

Prueba documental A:
Nota
INCRIMINATORIA

FORMAS DE SABOTEAR UN CONCURSO

1. MANIPULAR LOS HORNOS PARA QUE SE PONGAN TAN CALIENTES QUE QUEMEN LOS PASTELES.

2. PONER PELOS EN LOS PASTELES DE LOS DEMÁS: ¡JA!

3. DESTRUIR TANTOS PASTELES DE MERENGUE DE LIMÓN COMO SEA POSIBLE.

¡PELOS!

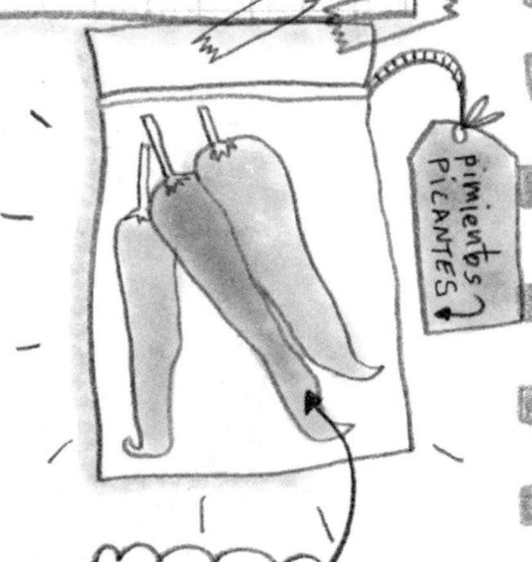

pimientos
picantes

Prueba documental B:
Bolsa de pelos

Prueba documental C:
Bolsa de pimientos
superpicantes

Prueba documental D: Señor
Bunsworth (mascota de Oliver)

osito

Intenté explicar lo de Prímula, pero nadie me escuchaba. Uno de los miembros del equipo me reconoció de otras pruebas y dijo que, seguramente, yo quería sabotear el concurso porque no había conseguido llegar a la final. Spencer Spokes dijo que nunca había visto una forma de hacer trampa tan insultante. Y luego Harriet me prohibió (también a Poppy, porque les parecía mal que estuviera conmigo) que volviera a *Amasa o fracasa.*

Me siento demasiado consternada para escribir nada más. (¡¡¡Aparte de que PRÍMULA GORDON ES UNA ENORME TRAMPOSA!!!)

CONCURSANTE PRÍMULA GORDON

¡tramposa!

¡¡¡Soy una enorme TRAMPOSA!!!

Sé que esto es un poco infantil, pero es que me ha hecho enojar ¡DE VERDAD!

TRABAJO DETECTIVESCO AVANZADO: FALSAS ACUSACIONES

Los sospechosos no se sentirán nada felices de que hayas estado a punto de descubrir lo que han hecho y, en circunstancias especiales, es posible que el sospechoso intente hacer que parezca que no tienes ni idea de lo que haces. De esa manera, nadie se creerá nada de lo que digas y el sospechoso se saldrá con la suya. ¡No te preocupes! Puedes hacer algunas cosas para convencer a los demás de que estás diciendo la verdad.

¿Por qué no intentas...?

1. Encontrar una **prueba muy evidente** o clara que demuestre que tu sospechoso es culpable.

2. Atrapar a tu sospechoso con las **manos en la masa**, y hacerle una foto.

3. Hacer un **cartel** con todos los casos que has resuelto de forma brillante en el pasado. Enséñaselo a todos los que no crean lo que dices para demostrarles que eres una persona de confianza.

DESCUBRE A DETECTIVES FAMOSOS:

La carrera de la famosa detective Fifí *la Sigilosa* se vio casi arruinada por una acusación que hicieron contra ella.

Fifí había descubierto el complot de un grupo de criminales muy organizado para llevar a cabo el mayor robo de braguitas del mundo. Por desgracia, la pandilla de criminales se dio cuenta de que Fifí iba tras ellos. Después de asaltar la fábrica de braguitas Big Bloomers, la pandilla dejó una boina roja igual a la que llevaba Fifí en el lugar de las braguitas que acababan de robar.

Fifí llegó a la escena del crimen muy tarde y no pudo impedir el robo, pero llegó a tiempo para que la policía la acusara del crimen.

Gracias a su rapidez de deducción, Fifí consiguió seguir la pista de unas braguitas desde la fábrica hasta el cuartel general de los delincuentes. Estos fueron arrestados después de que los pillaran con las manos en la masa mientras descargaban el cargamento que habían robado. (Tenían pensado vender las braguitas por grandes sumas de dinero fingiendo que se trataba de la ropa interior de personas famosas.)

EL CONSEJO

Si todo lo demás falla, mantén la discreción durante un tiempo, cámbiate el nombre y abre una nueva agencia de detectives...

yo

Poppy

nos han echado

15.30
CUARTEL GENERAL DE LAS CHICAS DETECTIVES, SIN SABER QUÉ HACER

A pesar de que a Violet no la habían echado como a Poppy y a mí, ese incidente podía significar un serio problema para ella. Todo el mundo sabe que es amiga nuestra, y en el caso de que no la descalificaran por esto, todavía quedaría el problema de Prímula.

Y lo que es peor, mucho peor (y sé que Poppy piensa lo mismo, aunque ninguna de nosotras quiera admitirlo), esto podría significar el fin de las Chicas Investigadoras. ¿Quién confiaría en un grupo de detectives a quienes han echado de un concurso por hacer trampa? ¡NADIE!

Poppy está buscando alguna página del *Manual para jóvenes superdetectives* que nos diga qué hacer en este tipo de situaciones. Está mirando en el apartado «aprendices avanzados». Necesitamos un plan, y pronto.

¡AVISO!

EVITAR, A CUALQUIER PRECIO:
Mariella Mystery y Poppy Holmes

NO ACERCARSE. Se buscan por su conexión con unos serios incidentes relacionados con un intento de sabotaje contra unos pasteles. Se sabe que son peligrosas (para los pasteleros).

17.03
CUARTEL GENERAL DE LAS CHICAS
INVESTIGADORAS (CON ARTHUR, ¡AAAAHHHH!)

Han aparecido unas pruebas nuevas y todavía me parece increíble quién nos ha ayudado a obtenerlas.

Poppy y yo llevábamos una eternidad en el cuartel general intentando pensar en un plan cuando Violet apareció corriendo por el jardín con Arthur detrás. Acababa de terminar la prueba de la fiesta infantil.

—¿Estáis bien? —gritó Violet antes de llegar—. ¡Siento haberos dado la bolsa!

—No seas boba, Violet —repuse—. Por lo menos, Prímula no consiguió acusarte a ti.

—¿Qué sucedió? ¿Conseguiste preparar los macaroons misteriosos? ¿Prímula intentó alguna otra mala pasada? —preguntó Poppy.

—De eso se trata: no fue Prímula quien intentó acusarme. ¡Prímula no es la saboteadora! —exclamó Violet.

¿Qué? Estaba segura de que Violet debía estar equivocada.

—¡Sí, tengo información nueva! —intervino Arthur.

—Deja de enredar, Arthur. Este es un tema serio —dije—. Violet, cuéntanoslo todo.

—¡No está enredando! Él fue quien obtuvo información nueva. Es importante —dijo Violet.

Hoy iba a ser un día totalmente extraño. Ahora se suponía que Arthur había hecho algo útil. Tendría que mostrarme pruebas convincentes para convencerme de que Prímula no lo había hecho, después de las pistas que habíamos encontrado.

INFORME DEL CASO: LA NUEVA INFORMACIÓN DE ARTHUR

13.05: Arthur está aburrido. Puesto que a Poppy y a mí nos han prohibido la entrada en *Amasa o fracasa*, no tiene a nadie con quien hablar.

13.10: Arthur ve a una niña de su edad, y va a buscarla. Se da cuenta de que la niña es Charlotte, la hermana de Prímula, pero le parece simpática a pesar de ello.

Arthur

Charlotte

1.15PM: Arthur y Charlotte se sientan a leer el anuario de *Amasa o fracasa* de Arthur. Arthur le dice que él está con el equipo de Violet, y que espera que gane. Charlotte dice que también desea que gane Violet, porque su hermana Prímula es malísima.

13.20: Charlotte le cuenta a Arthur que su hermana Prímula la obligó a meterse dentro del gigantesco pastel de merengue de limón aunque se llenara de pringue.

pringue

13.22: Arthur le pregunta si Prímula tiró al suelo los otros pasteles. (¡Buen trabajo, Arthur!) Charlotte dice que lo único que le importaba a Prímula era meter a Charlotte dentro de su pastel de merengue.

13.25: Charlotte dice que mientras se metía dentro del pastel, oyó unos pasos y luego un ruido de cosas que caían al suelo. Intentó abrir el pastel para salir, pero la tapa de merengue se había quedado pegada a la base. Gritó: «¡Socorro! ¡Por favor, ayudadme!». Y entonces los pasos se alejaron.

¡socorro!

13.26: Cuando Harriet Blythington consiguió abrir el pastel de merengue, Charlotte estaba tan enojada que no consiguió decir ni una palabra sobre lo que había sucedido. Prímula culpa a Charlotte de que la descalificaran, y no se hablan, así que Charlotte no ve qué motivo puede tener para contarle nada a su hermana.

cena

18.15
MESA DE LA COCINA,
22, SYCAMORE AVENUE (MI CASA)

Mamá me ha hecho entrar en casa para cenar. (Parece que estoy pálida, después del bochornoso incidente de esta tarde, así que necesito comer algo de verdura.)

Las nuevas pruebas de Arthur parecen indicar que Prímula no es la saboteadora. Entonces, ¿quién es?

Conseguí obtener la siguiente información sobre la prueba del pastel de cumpleaños gracias a Violet. Podría revelar alguna pista importante.

PRUEBA DE LA FIESTA INFANTIL: LOS HECHOS

El ambiente se puso tenso después de que a Poppy
y a mí nos acusaran. Marie intentó entablar
conversación con Violet, pero Prímula dijo:
—No hables con Violet. ¡Sus amigas son unas
TRAMPOSAS!

Antes de que los concursantes empezaran la prueba,
Harriet les soltó un discurso advirtiéndoles de que
hacer trampa era completamente inaceptable y de que
nada parecido se toleraría en *Amasa o fracasa*.

Nadie sabía de dónde procedía el humo,
porque no se había quemado ningún pastel ni
nada. Spencer Spokes dijo que quizá había
sido un fallo de la máquina de humo.

Cuando la prueba empezó, Violet dijo que
el pastel de la torre Eiffel de Patsy era
impresionante. Al principio parecía que
no estaba del todo bien, pero al final
se parecía de verdad a
la torre Eiffel.

pastel
de la
torre
Eiffel

bizcoc

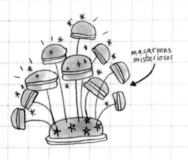

macaroons misteriosos

Violet se las apañó para que sus macaroons misteriosos parecieran unos ovnis en formación de vuelo. Creyó que le habían quedado impresionantes hasta que los colocó al lado del pastel de Patsy.

Las mascotas de *Amasa o fracasa* decidieron que no les gustaba el palacio rosa de bollos glaseados de Prímula, así que le lanzaron un pastel de nata. Prímula se puso como loca, chillando y lanzando bollos glaseados contra el público.

bollos

prímula

ALERTA por

engreimiento

Patsy ganó la prueba. El jurado dijo que su pastel tenía un gran estilo y que era muy sofisticado. Patsy se limitó a decir:

—Por supuesto que tiene estilo y que es sofisticado. Lo hice yo.

¡ALERTA POR ENGREIMIENTO!

He estado tan absorbida vigilando a Prímula que quizá no he visto en qué andaba Patsy. Me parece que hay algo sospechoso en el hecho de que consiguiera montar su pastel de la torre Eiffel en el último minuto. ¿Alguien la ayudó?

Oliver hubiera podido poner fácilmente la bolsa de pruebas falsas que contenía al *Señor Bunsworth* en el  armario de Violet, y él es MUY sigiloso. Pero ¿no será demasiado cobarde como para haber llevado a cabo los escandalosos actos de sabotaje que hemos visto hasta ahora?

No creemos que Marie sea la culpable. Tiraron al suelo su pastel, y uno no sabotea su propio pastel si intenta ganar.

Sea como sea, nadie creerá a las Chicas Investigadoras, a no ser que consigamos atrapar al culpable con las manos en la masa. Eso significa que Poppy y yo debemos encontrar la manera de poder entrar de nuevo en *Amasa o fracasa.*

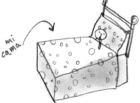

mi cama

20.08
MI HABITACIÓN (22, SYCAMORE AVENUE)

Mañana es el último día del concurso. Es la última oportunidad que tenemos de resolver el enigma del cupcake.

Violet está preocupada por lo que pueda suceder durante la prueba de la tómbola. Solo un pastelero con mucha experiencia sería capaz de inventarse una receta de forma improvisada. Yo sé que Violet es capaz de hacerlo, pero ella no está tan segura. Sería fantástico que Violet pudiera ganar aunque fuera una única prueba. Su pastel de merengue de limón estuvo a punto de hacerlo: no es culpa suya que terminara destrozado por el saboteador.

huevos

Violet no piensa renunciar, y eso es lo principal. Ha estado anotando las recetas misteriosas que ha hecho durante el concurso. Va a pegarlas en el libro de recetas de su abuela (si consigue recuperarlo). Tiene la esperanza de que su receta final sea tan deliciosa como tenía que haber quedado la Misteriosa Maravilla Maple. Todo depende de lo que le toque en la (temida) tómbola.

recetas

Va a ser difícil, pero esto es lo que mañana deberemos hacer para resolver el enigma del cupcake:

1. **Infiltrarnos*** en la carpa de
Amasa o fracasa con un astuto
disfraz. Violet no puede ganar la
prueba y resolver el misterio sola.

disfraz astuto

2. Atrapar al saboteador con las
manos en la masa para tener
pruebas concluyentes que mostrar
a Harriet y a Spencer. Está claro
que el saboteador intentará un último atentado
para asegurarse de ganar. (¡Y no podemos esperar
a que gane para averiguar quién es, porque
entonces ya será demasiado tarde para detenerlo!)

3. **Limpiar la reputación** de las Chicas
Investigadoras.

*INFILTRARSE: Entrar en un lugar en el cual no se
supone que debas entrar (como Amasa o fracasa)
sin que nadie se dé cuenta de que lo has hecho.

¡somos
inocentes!

JUEVES 15 de mayo

FINAL DE AMASA O FRACASA, CUARTO DÍA:
Prueba de la TÓMBOLA

MIsión: ¡DETENER esta locura!

Tan ocupado de sí mismo que es incapaz de detectar que alguien hace TRAMPA.

Soy TAN guapo

00.03
MI HABITACIÓN,
22, SYCAMORE AVENUE (EN LA CAMA)

Necesito dormirme, pero no puedo parar de pensar. He estado investigando un poco más sobre *Amasa o fracasa* y acabo de encontrar esto. (Espero que Arthur no se dé cuenta de que he arrancado una página de su libro.)

sobrecarga MENTAL

AMASA O FRACASA:
EL AÑO DEL ESCÁNDALO

Ya os hemos contado las espectaculares «crisis» que *Amasa o fracasa* ha atravesado a lo largo de los años, cada vez que los competidores se derrumbaban bajo la presión de uno de los concursos de pastelería más difíciles de la televisión. Pero eso no es lo peor de todo.

Un año, una de las concursantes, Valerie Boggins, llegó a extremos increíbles para conseguir ser la ganadora. Los otros expertos pasteleros se encontraron con que sus hornos habían sido programados de forma misteriosa a la máxima temperatura, que ponían sal en lugar de azúcar y que los bollos eran capaces de derribar (ellos solitos) los platos expositores.

Empezaron a circular rumores de que algo sospechoso estaba sucediendo, de que alguien estaba saboteando el trabajo de los pasteleros.

Pastel que se quemó de forma misteriosa.

En el último momento del concurso, Harriet Blythington pilló a Valerie intentando cambiar su pastel quemado por uno perfecto que había encargado en una pastelería francesa. Valerie fue descalificada y se le prohibió que volviera a concursar en *Amasa o fracasa*.

¡Valerie Boggins con las manos en la masa!

Al público le preocupó mucho el hecho de que una tramposa hubiera estado tan cerca de ganar el concurso, y este estuvo a punto de ser cancelado. De no haber sido por el incansable trabajo de Harriet Blythington intentando convencer a sus jefes de que dieran una segunda oportunidad al programa, ese hubiera sido el final de *Amasa o fracasa*.

¡La ganadora! Un éxito ensombrecido por el escándalo.

¡Uau! ¡Así que no es la primera vez que *Amasa o fracasa* es saboteado! Ya me parecía extraño que Harriet se negara a aceptar que algo estaba sucediendo. Eso provocó tal escándalo la última vez, que es evidente que no quiere admitir que está pasando lo mismo. El *Manual para jóvenes superdectectives* dice que es importante enfrentarse a un problema: si no lo haces, las cosas se te pueden ir de las manos. Parece que esto ya ha sucedido en *Amasa o fracasa*.

Valerie Boggins tiene algo que me resulta familiar. Quizá sea la expresión alocada de sus ojos. He visto esa expresión en casi todos los concursantes este año. Este concurso es una LOCURA.

concursante ENLOQUECIDA

VESTUARIO Y DISFRACES

A veces, el trabajo de detective puede ser muy serio, así que ¿por qué no divertirse un poco diseñando tus propios vestidos y disfraces? Prepárate un vestuario de detective: nunca se sabe cuándo necesitarás un disfraz. Aquí tienes unas cuantas ideas para empezar:

Un caballo de atrezo (perfecto para resolver un caso en equipo)

APROBADO

Ten una **selección de pelucas** de emergencia en tu kit de investigación:

colmena

Elvis

liso

copete

melena bob

Disfraz de árbol realista

Barba postiza
y sombrero estrafalario

EL CONSEJO

Recuerda que en la mayoría de los casos deberás disfrazarte porque irás de incógnito. Eso significa que no deberás llamar la atención: evita los colores vivos y los tejidos brillantes.

¿Por qué no intentar ser un superhéroe?

8.15AM
CUARTEL GENERAL
DE LAS CHICAS INVESTIGADORAS

Violet nos ha dicho que los responsables de *Amasa o fracasa* han advertido de que quizá nosotras queramos colarnos en la carpa. Así que nos haremos pasar por mascotas oficiales enviadas por la sede central. Poppy me hizo pensar en el disfraz de cupcake que Arthur llevaba puesto el otro día (del cual yo había procurado olvidarme) y tuvo la genial idea de utilizarlo. Resulta que Arthur tiene una colección de disfraces de pastelitos en su baúl de disfraces. Vamos a ir de incógnito... como pastelitos gigantes. Yo soy la agente Cupcake y Poppy es la agente Donut.

cupcake

donut

Poppy ha hecho unas acreditaciones de *Amasa o fracasa* muy convincentes. Lo único que tendremos que hacer será mostrarlas en la entrada, y seguro que nos dejarán entrar.

El disfraz de pastelito es muy útil. ¡Me ofrece un lugar secreto para escribir este diario, porque nadie sabe lo que estoy haciendo aquí dentro! Y además tiene un montón de espacio para guardar cosas: tengo el kit de investigación y algunas cosas extras que quizá necesite:

KIT DEL ENIGMA DEL CUPCAKE

Cámara (para obtener pruebas)

Libreta (para tomar notas disimuladamente)

Lupa (para analizar las pistas en detalle)

Brazo extensible (nunca se sabe)

Anuario de *Amasa o fracasa* (puede ofrecer información valiosa)

Amasa o fracasa

9.52
CARPA DE *AMASA O FRACASA*, ZONA DE CAMERINOS

Hacernos pasar por mascotas para colarnos en
el concurso fue arriesgado, pero también fue
ABSOLUTAMENTE emocionante. Los vigilantes de la
puerta nos dejaron pasar sin problema en cuanto les
mostramos nuestras acreditaciones falsas. Las Chicas
Investigadoras: ¡unas maestras del disfraz!

Procuramos mostrarnos naturales (tan naturales
como podíamos, disfrazadas de enormes
pastelitos) y nos dirigimos a la zona
de camerinos. ¡Nadie nos detuvo!

nuestras
acreditaciones

Hoy, con motivo de la prueba de la tómbola, la carpa ha sido transformada para parecer una feria. Hay un enorme tobogán en una de las esquinas, y un enorme cartel luminoso que dice: «*Amasa o fracasa*: LA PRUEBA DE LA TÓMBOLA». Es increíble lo bien que se adaptan nuestros disfraces en este espacio.

—Agente Cupcake, Oliver a la una, repito, Oliver a la una —dijo Poppy. Oliver estaba sentado, hablando con su mamá y su papá.

Nos acercamos un poco para oír lo que Oliver estaba diciendo. Poppy, para disimular, empezó a hacer letras con los brazos. Se sentía un poco boba, pero formaba parte de nuestro disfraz.

—No te preocupes, tesoro. Si te resulta demasiado estresante, dale un abrazo al señor Bunsworth y eso te dará buena suerte —le decía su mamá.

Oliver sacó al señor Bunsworth y le dio un amoroso abrazo.

—Te quiero, señor Bunsworth —oí que susurraba.

un pelín ñoño

—Agente Donut —pregunté mientras nos alejábamos—, ¿crees que un experto e implacable saboteador le daría un abrazo a su mascota en público?

—No lo creo —respondió Poppy—. Y bien pensado, ¿tendría un osito de peluche llamado señor Bunsworth como mascota?

—Creo que es poco probable, agente Donut. Vamos a ver qué más podemos descubrir.

10.10
CARPA DE *AMASA O FRACASA*, ESQUIVANDO A PRÍMULA

No sé por qué no se nos ocurrió antes ponernos un disfraz. Es una excelente forma de escuchar conversaciones ajenas. Hemos oído a la mamá de Marie, que repasaba la lista de sus ingredientes especiales para añadir a los pasteles sin que les quite el buen sabor.

cebollas en vingre · queso · tostada · calabaza · tomate

También hemos espiado a Prímula. No parecía estar haciendo nada sospechoso, pero cuando se le acercó una cámara de televisión, empezó a exhibirse. Está claro que ya ha superado el berrinche por el palacio rosa de bollos glaseados.

—Estoy taaaaaan emocionada por la prueba final. ¡Me encanta la tómbola, y me encanta ganar cosas! ¡Ah, y me encantan los pasteles! —decía, agarrándome del brazo.

Por un momento creí que Prímula se lo había imaginado, creí que sabía que era yo quien estaba dentro del disfraz de pastelito. Pero entonces me di cuenta de que se estaba riendo a carcajadas. ¡Buf! Hizo que Poppy y yo estuviéramos saludando a cámara una eternidad mientras ella hacía el tonto y fingía que daba mordiscos a nuestros disfraces. Grrrrrr. ¡Piérdete por ahí! Tenemos que resolver un caso importante.

10.20
CARPA DE *AMASA O FRACASA*, SIGUIENDO A LAS ÉCLAIR

Empezaba a preocuparme que se nos pudiera acabar el tiempo. Si no descubríamos pronto al saboteador, este acabaría saliéndose con la suya. Pero acaba de suceder una cosa muy interesante.

—Patsy está hablando con su mamá. Repito, Patsy está hablando con su mamá —dijo Poppy.

La mamá de Patsy no dejaba de mirar a su alrededor, como si estuviera comprobando que nadie escuchara lo que decía. Y Patsy ponía cara de tener una enorme rabieta. (Nada nuevo, pues.)

¡¡RABIETA!!

—Has llegado hasta aquí. NO permitas que todo nuestro duro trabajo se desperdicie. Podrías ganar este concurso —le susurraba la señora Éclair (aunque en voz bastante alta).

completamente enojada

—Oh, basta, Valerie. Si no lo hubieras fastidiado, esto ya estaría hecho —dijo Patsy, dirigiendo a su mamá una de sus gélidas miradas.

«¿Fastidiado? ¿Fastidiado qué?», pensé.

—Te lo he dicho antes, cariño —dijo la mamá de Patsy—. Por favor, deja de llamarme por mi nombre. Dime «mamá», ¿vale?

¡RABIETA MAYÚSCULA!

Valerie. ¿Por qué ese nombre me resultaba familiar? Entonces Patsy le hizo una mueca a su mamá y se alejó, enfadada.

10.30AM
CARPA DE *AMASA O FRACASA*,
ZONA DE ALMACENAMIENTO DE INGREDIENTES

Empujé a Poppy hasta la zona de almacenamiento:
debíamos averiguar de qué estaban hablando Patsy y
su mamá.

—¡Poppy! ¡Patsy está enojada con su mamá porque
ha fastidiado algo! ¿Qué crees que puede ser?
—pregunté.

—No lo sé, Mariella —repuso Poppy, con expresión
confundida.

Me senté encima de unos sacos
de harina que había en el suelo.
Necesitaba pensar. ¿Qué había
querido decir la mamá de Patsy?
¿Fastidiar?

¡AY!

El anuario de *Amasa o fracasa* de
Arthur que llevaba dentro del
disfraz se cayó de su sitio y se
quedó atrapado en mi costado.

dentro del cupcake

—¿Oíste a Patsy llamar a su mamá
por su nombre de pila? ¡Valerie! —dijo
Poppy—. Fue muy maleducada.

Valerie... el anuario de *Amasa o fracasa*... ¡Claro!
Ya sabía que esa cara me resultaba familiar.

Le mostré a Poppy la foto de Valerie Boggins para
enseñarle la foto de la saboteadora del anuario de
Amasa o fracasa. ¿No era demasiada coincidencia que
hubiera dos personas llamadas Valerie relacionadas
con el concurso y que las dos tuvieran algo que ver
con hacer trampas?

Valerie Boggins

Valerie Éclair

—Valerie Boggins y Valerie Éclair son la misma persona, Poppy. ¡Creo que la Valerie que fue descalificada hace tantos años ha regresado con su hija para intentar ganar ahora! —dije.

—¡Ganar haciendo trampas otra vez! —añadió Poppy.

—Exacto —repuse—. Pero ¿en qué la ha fastidiado Valerie? Eso podría ser importante.

—Patsy ha ganado dos de las tres pruebas, así que su mamá no puede haberla fastidiado tanto —dijo Poppy—. Aparte del pastel de merengue de limón.

—Debe de tratarse de eso: Patsy está enojada con su mamá por no haber destruido todos los pasteles de merengue de limón —sugerí, mirando a Poppy. (Me resultaba un poco raro: lo único que veía era un donut gigante.)

donut gigante

—Uau —exclamó Poppy—. Si también hubiera ganado esa prueba, sería casi imposible ganar en la prueba final.

¿Acabábamos de resolver el enigma del cupcake? Este es el momento en que normalmente lo celebramos, porque todo el mundo nos cree y se muestra muy agradecido de que hayamos resuelto el misterio. Pero este caso es diferente. El jurado no se va a creer que Patsy y Valerie no están haciendo nada bueno solo porque nosotras lo digamos.

Necesitamos encontrar pruebas evidentes, y deprisa.

22.42
CARPA DE *AMASA O FRACASA*, ZONA DE COCINAS

Nos abrimos paso entre los miembros del equipo de televisión, que estaban muy ocupados con sus carpetas y moviendo las cámaras por todas partes. Los concursantes y el jurado estaban en las cocinas, las luces de la tómbola centelleaban. Iluminaban el rostro de Patsy y le daban un extraño resplandor azul.

Yo deseaba gritar: «¡EH, ENGREÍDA! ¡Devuélvele el libro de recetas a mi amiga y confiesa lo que has hecho!». Pero sabía que hacer eso sería delatarnos. Y, de repente, me sentí nerviosa: esa era nuestra única oportunidad de demostrar lo que había estado sucediendo de verdad. ¿Y si todo salía mal?

—Esta puede ser vuestra última oportunidad de demostrar que sois los campeones de *Amasa o fracasa*. Cualquiera de vosotros puede hacer el pastel ganador —dijo Harriet.

—¡Y no lo olvidéis: amasad, no fracaséis! —añadió Spencer, mientras daba vueltas a la manivela del gigantesco bombo lleno de misteriosos ingredientes.

Patsy bostezó. No me podía creer que estuviera tan relajada después de haber hecho cosas tan horribles. ¡A mi amiga!

Los concursantes se pusieron en fila para recoger sus ingredientes sorpresa de la tómbola.

—¡La tómbola! —dije, agarrando a Poppy del brazo y empujándola hacia las cocinas—. Podrían haberla trucado. ¡Ahí dentro puede haber cualquier cosa!

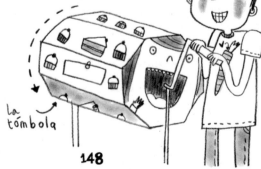

la tómbola

148

Marie se dirigió hacia la tómbola. Yo quería gritar:
«¡Noooooooo!». Pero era demasiado tarde. Marie
metió la mano dentro.

Aguanté la respiración mientras Marie volvía a sacar
la mano... le había tocado una caja de
cereales para desayunar. Buf.

—Agente Cupcake, la gente
nos está mirando —me susurró
Poppy—. Sígueme.

Poppy empezó a contonearse y a deletrear las letras
de *Amasa y fracasa* con los brazos, como había hecho
antes en la zona vip. Intenté imitarla, pero sin quitar
la vista de los concursantes que iban sacando cosas
de la tómbola.

Prímula sacó un paquete de espaguetis precocinados
y dijo:
—¿QUÉ se supone que debo hacer con esto?

Oliver pareció aliviado al ver que le
había tocado una lata de puré
de guisantes.

nabo

A Violet le tocó un nabo. Spencer Spokes la miró y levantó el pulgar de la mano. Violet no parecía nada contenta.

Patsy fue hasta la tómbola, al fin. Metió todo el brazo en el bombo y empezó a tirar de algo, como si se hubiera quedado atascado. Extraño. Parecía saber exactamente lo que buscaba ahí dentro. Forcejeó un rato y, al final, dando un fuerte tirón, sacó... una botella de jarabe de arce.

«¡Un momento!», pensé. El jarabe de arce es el principal ingrediente de la mejor receta del libro de la abuela Maple: LA MARAVILLA MAPLE. ¡La misma receta que Violet había querido preparar en la prueba del pastel más rompedor!

Jarabe de
ARCE

11.00
CARPA DE *AMASA O FRACASA*, COCINA DE PATSY

A los concursantes se les permitió elegir unos cuantos ingredientes extra del armario. Patsy sacó cuatro manzanas.

—¡OH NO, SE ME HA CAÍDO UN POCO DE AZÚCAR! —dijo Violet en voz alta mientras se agachaba para recogerlo (aunque en verdad no se le había caído).

Esta era la señal que habíamos acordado antes. Significaba: «Se necesita a las Chicas Investigadoras». Los temores de Violet se estaban cumpliendo. Patsy iba a ganar el concurso con la receta más especial de la abuela Maple y fingiría que era SUYA.

Poppy se acercó a Violet sin dejar de bailar y de mover los brazos. (Yo tuve que recordarme que íbamos vestidas de pastelitos gigantes, y que eso era lo que hacía una mascota.)

—Patsy tiene jarabe de arce y, ahora, manzanas —susurró Violet—. ¡Va a preparar la receta secreta de MI abuela! Es ella: Patsy es la saboteadora.

—No te preocupes, Violet, ya casi la tenemos —dijo Poppy.

—Voy a echar un vistazo de cerca. Apuesto a que tiene el libro de recetas de la abuela en su armario —dije.

—¡Ten cuidado! —me advirtió Violet.

La próxima vez que Patsy abriera ese armario, yo estaría esperando. No se iba a salir con la suya DE NINGUNA MANERA.

manzanas + jarabe de arce = ¡LA MARAVILLA DE MAPLE!

11.45
CARPA DE *AMASA O FRACASA*, ZONA VIP

En cuanto Patsy abrió su armario, me coloqué tras ella
a la velocidad del rayo para echar un vistazo al libro
de recetas que sabía que guardaba ahí. Ella se dio la
vuelta y me dirigió una de sus gélidas miradas.

—¡Quita de enmedio, cupcake! —dijo, empujándome a
un lado.

Resbalé... y entonces todo pasó tan deprisa que no
pude evitarlo. La capucha de glasé de mi disfraz
se cayó y me descubrió la cabeza. Se acabó ir de
incógnito.

—¡TÚ! —dijo Patsy.

—¡ES LA TRAMPOSA: LA TRAMPOSA HA VUELTO A ENTRAR! —gritó Prímula.

se acabó ir de INCÓGNITO

El público ahogó una exclamación.

¡Qué desastre! Todavía no había conseguido ninguna prueba concluyente. Pero, ahora, lo único que podía hacer era desear que la gente me escuchara cuando le dijera la verdad.

—¡No soy yo la tramposa! —grité—. ¡Las Chicas Investigadoras han atrapado a Patsy y a su mamá, Valerie Éclair!

El público volvió a ahogar una exclamación.

—No sé de QUÉ estás hablando —dijo Patsy, cruzando los brazos sobre el pecho. Y luego susurró—: ¡Intenta demostrarlo, pastelito!

—¡TENGO PRUEBAS! —grité, abriendo las puertas del armario de Patsy, donde sospechaba que escondía el libro de recetas de la abuela Maple—. Aquí dentro está el libro que Patsy y su mamá le robaron a mi amiga, Violet Maple.

Poppy, todavía con su disfraz de donut puesto, gritó: —¡Sí, Patsy, te hemos descubierto!

Miré dentro del armario.

Oh no.

Huevos, azúcar, harina, levadura. No había ningún libro.

¡ningún libro!

—¡ESTO ES UN INSULTO! ¿Cómo os atrevéis a acusar a mi hija de tramposa? —gritó Valerie Éclair.
Se había puesto en pie y agarraba su bolso con la mano.

¡TEMIBLE!

—Esto es completamente inaceptable. ¡No podéis ir por ahí acusando a los concursantes de hacer trampa! —dijo Harriet Blythington.

—¡Además, TÚ tienes prohibida la entrada a *Amasa o fracasa*! —me gritó Spencer Spokes.

—¡NO TIENES NINGUNA PRUEBA! —gritó Valerie. Mientras gritaba, me apuntaba con el dedo, fuera de sí. Valerie Éclair era temible. Tenía la misma mirada enloquecida con que aparecía en la fotografía de años atrás.

—¡Solo estás celosa del talento culinario de Patsy! —gritó Valerie, haciendo aspavientos con los brazos.

Entonces el bolso le salió disparado y cayó. Todo lo que había dentro se desparramó por el suelo.

Lápiz de labios rojo,

un monedero

Y...

el libro de recetas de la abuela Maple.

—¡Ese es el libro de recetas de MI abuela! —gritó Violet.
Nunca la había visto tan furiosa.

Harriet Blythington cogió el libro y una vieja fotografía se cayó de entre las páginas. La cogí. ¡Esa era la prueba concluyente que estábamos buscando!

Tenía en las manos la misma fotografía que había
visto en el anuario de *Amasa o fracasa* de Arthur:
la ganadora del año del «escándalo», el año en que
descalificaron a Valerie Boggins
por hacer trampa.

Pero en esa foto habían
pegado la cabeza
de Patsy encima de
la de la ganadora.
¡Patsy y Valerie están
oficialmente LOCAS!

—Creo que esta es
la única prueba que
necesitamos —dije,
mostrando la foto
a uno de los cámaras del equipo. La foto apareció
en la pantalla. (Yo puse mi cara de detective más
profesional. Era fantástico tener la oportunidad de
hacerlo)—. Esto demuestra lo desesperada que está
Valerie Éclair por que su hija gane en *Amasa o fracasa*.

Esperaba que el público se mostrara más convencido, pero todo el mundo se quedó sentado, mirándome.

—Valerie y Patsy Éclair han estado intentando sabotear las oportunidades de los demás concursantes durante todo el concurso —afirmé—. Primero, desapareció misteriosamente el libro de recetas de Violet; luego los cupcakes fueron saboteados. Los cupcakes volcán incinerados y los cupcakes aplastados de Prímula no fueron NINGÚN accidente. Tampoco lo fueron los pelos que aparecieron en los cupcakes de Marie...

Oliver me miraba, embobado. Prímula no podía apartar los ojos de Patsy. El público parecía más convencido ahora, así que continué.
—Y eso no es todo. ¡Tampoco hubo ninguna extraña corriente de aire! ¡Valerie Éclair tiró los pasteles al suelo!

—¡MENTIRA! —bramó Valerie. Se había puesto completamente roja.

echar humo

—YA VES, mamá. ¡Te dije que no llevaras ese estúpido libro de recetas por ahí en tu bolso! —chilló Patsy—. ¡Ahora no ganaré nunca, y es culpa tuya!

Eso era genial. Las Éclair se habían delatado... con un poco de ayuda de las Chicas Investigadoras, por supuesto.

PASMADA

—Un momento —dijo Harriet Blythington.

Durante un terrible momento, creí que iba a decir que en *Amasa o fracasa* no se hacen trampas. Pero Harriet estaba mirando la fotografía que tenía la cara de Patsy pegada.

—Sí, Harriet —dije, al darme cuenta de que por fin lo había comprendido—. Valerie Éclair era Valerie Boggins. ¡Es la misma Valerie que fue descalificada en *Amasa o fracasa* por hacer trampa el año del escándalo!

El público volvió a ahogar una exclamación (por millonésima vez hoy).

—Vosotras dos —dijo Harriet, mirando a Valerie y a Patsy— tenéis la entrada prohibida en *Amasa o fracasa*. PARA SIEMPRE.

En ese momento me hubiera gustado llevar un buen traje de detective puesto, en lugar del disfraz de pastelito gigante... ¡a pesar de eso, fue el momento más genial de todos!

caso
resuelto

Pero eso no fue lo mejor
de todo. Miré a Violet y
vi que estaba sonriendo.
Abrazaba el libro de la
abuela Maple contra
su pecho, y eso hizo
que todo el estrés
hubiera valido la pena:
le dijimos que le
conseguiríamos
recuperar el libro, y
lo habíamos hecho.

Violet y el libro de recetas

¿Qué puedo decir? ¡Resolver este misterio fue fácil
como comerse un pastel (de verdad)!

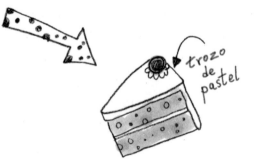

trozo de pastel

12.06
CUARTEL GENERAL DE LAS CHICAS
INVESTIGADORAS, ZONA DE DESCANSO

Después de que reveláramos lo que habían hecho
Patsy y su mamá, la situación fue de locos. Marie se
enojó de verdad y gritó:

—¡HAS DESTROZADO MI MERENGUE DE LIMÓN!

—y le lanzó a Patsy un trozo de tarta a la cara.

Prímula comprobó que la cámara la estaba grabando
y lanzó el paquete de espaguetis instantáneos a la
cabeza de Patsy mientras gritaba:

—¡Sabía que habías sido tú! ¡Lo sabía desde el
principio!

(¡Seguro!)

Oliver miró a su alrededor, dudando un momento,
pero luego empezó a lanzar puré de guisantes contra
Patsy y su mamá.

Al principio solo eran los concursantes los que les tiraban cosas, pero pronto empezó a hacerlo el público. Fue absolutamente genial. Valerie y Patsy fueron escoltadas hacia el exterior de la carpa... totalmente cubiertas de pringue: ¡ja!

El equipo de televisión tardó un rato en limpiar la zona de cocinas después de esa batalla campal, pero Harriet Blythington dijo que se negaba a dejar el concurso sin un ganador. Se abandonó la prueba de la tómbola y se continuó con la prueba del pastel más rompedor. Harriet dijo que el concurso estaba abierto y que cualquiera podía ganar.

Oliver utilizó el puré de guisantes (el que no había sido lanzado por los aires durante la batalla) e hizo unos minipastelitos helados con galletita con sabor a guisante que parecían auténticos helados con chocolate y todo lo demás.

galletitas

puré de guisantes

caramelo pegajoso

Marie preparó un pudin gigante de caramelo, y era tan grande que todas las personas del público pudieron probarlo después.

Prímula optó por un pastel con forma de poni cubierto de un glaseado rosa y de purpurina.
Y Violet hizo la Maravilla Maple.

Ahora que tenía el libro de recetas, Violet estaba completamente tranquila. Recordó todas las complicadas técnicas para mezclar y los ingredientes nuevos que había decidido añadir a su versión de la Maravilla Maple sin tener que mirar sus notas.

pastel poni

El resultado final fue
increíble: una Maravilla
Maple de tres pisos
cubierta de un glaseado
cremoso y brillante,
con un pequeño signo
de interrogación hecho
con trufas con aroma a
manzana. ¡ÑAM!

Harriet Blythington y
Spencer Spokes afirmaron
que eran los pasteles más
impactantes que habían probado nunca, y que el alto
nivel de los concursantes era notable, ahora que no
había ningún saboteador merodeando por allí.

Al final, Oliver se llevó el primer premio. El jurado dijo
que sus pasteles eran únicos y diferentes a todos. Al
saberlo, Oliver dio un gran abrazo al señor Bunsworth,
lo cual resultó un poco ñoño, pero supongo que estaba
feliz de verdad. Podía entender por qué decían eso de
sus pasteles, pero ¡yo preferiría comer todos los días
pasteles hechos por Violet!

Violet quedó en segundo lugar y Marie, en el tercero. (Prímula no estaba nada contenta, pero su cabeza de poni estaba totalmente inclinada.)

El segundo lugar es genial, pero lo mejor fue que el jurado afirmó que la Misteriosa Maravilla Maple tenía potencial para llegar a ser tan famosa como una de las recetas de la abuela Maple. ¡UAU!

¡Ganadores Amasa o fracasa!

13.30
CUARTEL GENERAL DE LAS CHICAS
INVESTIGADORAS, ESCRITORIO

En Puddleford, todo el mundo habla sobre la pesadilla Éclair (así es como llaman a Patsy y a su mamá, ahora), y de lo fantástico que fue que las Chicas Investigadoras les pararan los pies. Un montón de gente nos ha preguntado cómo lo hemos hecho. Ha sido genial decir:

—Al final, fue muy sencillo. ¡No hay ningún misterio demasiado misterioso, ni ningún problema demasiado difícil para nosotras!

Violet ha traído lo que quedaba de su Maravilla Maple. Mientras escribía todo lo que ha sucedido, me lo he comido (mmmmmmm). Aquí está mi informe completo:

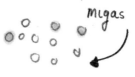

migas

EL ENIGMA DEL CUPCAKE
RESUELTO POR LAS CHICAS INVESTIGADORAS
(DISPUESTAS A RESOLVER TODOS TUS MISTERIOS)

El concurso juvenil de *Amasa o fracasa* de este año ha sido víctima de las implacables saboteadoras Patsy y Valerie Éclair. Valerie deseaba desesperadamente que su hija, Patsy, ganara el concurso.

Valerie Éclair era Valerie Boggins, que fue descalificada del concurso por hacer trampa veinticinco años atrás. Se casó con el propietario de una pastelería francesa llamado Philippe Éclair, y por eso nadie se dio cuenta antes de que eran la misma persona.

MADRE E HIJA EN UN ESCÁNDALO POR HACER TRAMPAS

PASMOSOS ACTOS DE SABOTAJE
COMETIDOS POR LA PESADILLA ÉCLAIR:

1. Sabían que la abuela Maple era famosa por sus sabrosos pasteles, así que le robaron el libro de recetas de la abuela Maple a su nieta, Violet Maple (una de las Chicas Investigadoras).

2. Sabotearon los cupcakes de los concursantes manipulando la temperatura de los hornos y poniéndoles pelos en la masa. (No hemos averiguado cómo consiguieron que los pastelitos de Prímula salieran aplastados.)

plano

3. Valerie Éclair destruyó los pasteles de merengue de limón de dos de los concursantes. Quería destruirlos todos excepto el de Patsy, pero Charlotte Gordon se lo impidió (estaba dentro de uno de los pasteles).

4. Valerie Éclair puso una bolsa con pruebas falsas en el armario de Violet para simular que era ella quien intentaba sabotear el concurso.

máquina de humo

5. Al ver que las Chicas Investigadoras se llevaban la bolsa con pruebas falsas, Valerie decidió incriminarnos. Se sospecha que también manipuló la máquina de humo de la zona de camerinos, y llenó la carpa con ese humo negro.

6. Las Éclair eligieron la receta más famosa de la abuela Maple del libro de recetas para hacerla en la prueba final, la prueba de la tómbola. Valerie Éclair se aseguró de que a Patsy le tocaran los ingredientes adecuados para hacer el pastel fijando con celo una botella de jarabe de arce dentro de la tómbola. (También sospechamos que, de alguna manera, se aseguró de que los demás concursantes obtuvieran ingredientes muy difíciles para que les fuera casi imposible hacer un pastel con ellos.)

celo

cereales para el desayuno

nabo

espaguetis

puré de guisantes

Estuvieron a punto de salirse con la suya, pero por suerte la pesadilla Éclair fue llevada ante la justicia después de que se encontrara el libro de recetas de la abuela Maple dentro del bolso de Valerie Éclair. (¡Ja!)

bolso de Valerie

¡Resulta que Patsy ni siquiera había hecho su propio pastel en la prueba de la fiesta infantil! Valerie Éclair había traído un pastel con forma de torre Eiffel de su elegante pastelería, y dio el cambiazo mientras todo el mundo salía de las cocinas. (La caja vacía se encontró en la zona de camerinos.)

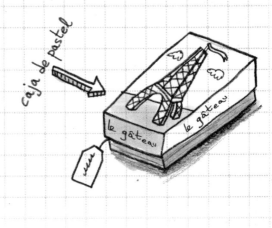

caja de pastel

le gâteau   le gâteau

Violet ha devuelto el libro de recetas a su abuela.
La abuela Maple está tan impresionada con las
nuevas recetas de Violet que ha decidido que
pondrán un tenderete juntas durante las fiestas de
Puddleford, dentro de pocas semanas. ¡Ya están
recibiendo un montón de pedidos de Misteriosas
Maravillas Maple!

CASO CERRADO.

NOTA: Si necesitas los servicios de las Chicas
Investigadoras, por favor, ponte en contacto
con ellas sin demora. Esperamos recibir un
alud de solicitudes de casos misteriosos
después de que el concurso Amasa o fracasa
se vea por la televisión, dentro de unas
semanas, y estaremos bastante ocupadas
durante un tiempo.

Violet y la abuela
Maple

Mariella Mystery

W	Z	Q	B	R	E	Y	F	I	N	G	A	M	I
H	A	O	A	O	B	L	I	S	N	F	P	N	A
S	S	A	T	S	I	P	S	L	C	B	V	N	O
E	O	A	S	Y	C	G	L	I	C	E	O	P	V
C	M	I	T	O	D	E	R	Y	S	T	L	E	M
A	I	E	L	H	U	M	I	T	A	A	P	U	L
R	N	A	N	H	M	A	I	D	E	E	F	B	W
F	D	M	O	P	Q	G	O	E	R	B	G	C	A
S	T	G	J	K	A	R	R	T	Z	O	A	F	L
I	O	I	H	D	L	U	E	S	Y	O	N	H	O
D	R	E	O	A	B	A	T	A	L	K	G	I	O
K	S	R	E	V	L	R	P	T	S	R	O	G	H
S	A	E	U	T	H	R	Y	I	R	U	B	O	C
S	Q	L	A	Y	L	E	M	I	Z	G	A	L	S

Mariella te propone un misterio para solucionar juntos.
¿Te animas a encontrar estas palabras en esta sopa
de letras? Son los elementos indispensables para
cualquiera que quiera convertirse en detective.

DISFRACES   LUPA

WATSON   ANOTADOR

LÁPIZ   PISTAS

INVESTIGADORAS